# PARMI TOUTES LES AUTRES

HÉLÈNE VEYSSIER

# PARMI TOUTES LES AUTRES

ROMAN

BUCHET • CHASTEL

ISBN : 978-2-283-03986-1

« Je suis triste, quoique gai,
ou le contraire. »

Edgar DEGAS,
*Lettres* (Grasset)

# I

Tu veux me montrer à quoi ressemble ton chef-d'œuvre. Tu t'assieds à la table. La main en suspens et comme hésitant d'abord au-dessus du papier, de gauche à droite et d'un seul trait chaque fois, tu ébauches la silhouette de trois personnages. Ensuite, t'écartant un peu du dessin pour juger : « Voilà, c'est comme ça », tu as l'air heureux.

*Tu.* Ce tutoiement je n'y avais pas droit, même seule et pour moi-même, je ne l'osais qu'à voix basse, après quoi, vite, je reposais la distance : *Vous.* Vous étiez imposant, Edgar, altier, intimidant. Ce jour-là, pour me montrer à quoi ressemblait votre tableau, vous m'avez demandé si j'avais un papier : « Un grand papier », avez-vous dit. Par bonheur ma cousine s'essayait à l'aquarelle et j'ai trouvé une feuille. Vous l'avez déposée sur la table et vous vous êtes assis. De votre poche vous avez sorti une mine de plomb, vous avez esquissé les silhouettes puis, vous relevant, vous vous êtes écarté du dessin pour juger. Succès, parfait contentement, tout votre visage souriait, vos rides au coin des yeux, vos lèvres entrouvertes, l'humide clarté des dents.

Pendant quelques instants, vous avez observé votre dessin, puis, reprenant le crayon, attentif appliqué comme un enfant sur son devoir, vous avez précisé un à un les visages. Longuement. Trois visages. Des femmes. Ou plutôt, une femme et deux petites filles m'a-t-il semblé. Vous étiez silencieux, je n'osais pas parler. Le soleil nappait d'or une partie de la table et touchait votre main, vous vous teniez penché, une mèche de vos cheveux avait glissé sur votre front, oh comme je vous aimais.

« Voilà, c'est comme ça », aviez-vous dit.

Quatre ans plus tard, alors que je suis appuyée à une autre table, dans un autre lieu, je vous entends encore : « Voilà, c'est comme ça. » Je vous entends encore le dire et je vous vois : cette image de votre sourire, ce rayonnement de votre visage. C'est en moi. À la moindre occasion ça ressurgit et je sursaute, et toujours bien sûr c'est un leurre. Il suffit de peu : votre prénom entendu dans la rue, prononcé et qui en appelle un autre, le mot « peintre » lu ici ou là, une silhouette mince et haute, de dos entraperçue et dont j'ai peur qu'elle ne se retourne car je sais bien que ce n'est pas vous, n'importe quoi, des riens, tout ce qui, même seulement de loin, rappelle ce que je sais de vous. Elle revient, elle revient l'image, parfois je n'en peux plus. Comme si la vie hors ce sourire m'était interdite, comme si rien ne pouvait plus me plaire, plus rien me distraire de ce que j'ai vécu à vos côtés, plus rien m'arriver : j'avais quinze ans, j'en ai dix-neuf, et je suis hantée, prisonnière.

C'était en mai, à Paris, les parcs s'épanouissaient en formidables verdures. Nous étions dans ma chambre, au quatrième étage. Il y avait du vent. Par la fenêtre je voyais le faîte des arbres du boulevard d'Italie onduler : la mer. Je tendais l'oreille cherchant sans en être consciente un bruit de vagues au fond du silence, peut-être mon village, là-bas, près de Labenne, non loin de l'océan...

Oui, silence. Vous ne saviez pas quoi me dire sans doute, ni comment vous comporter en dehors de l'amour, alors vous dessiniez. Vous esquissiez devant moi la réplique de ce tableau que vous aviez peint, qui avait été exposé quelques années plus tôt, et dont vous étiez fier. Vous dessiniez ce jour-là pour justifier votre silence, c'est ce que j'ai pensé, et parce qu'au fond, dessiner, c'était ce que vous faisiez le mieux.

En fin d'après-midi, après que vous y avez longtemps travaillé, il en a résulté non plus une esquisse, mais un dessin très précis, soigné, qui, moi je n'en avais pas l'idée mais pour un connaisseur aurait signé votre talent : une œuvre.

Vous me l'avez donnée, ou plutôt vous l'avez laissée sur la table. Vous êtes allé à la fenêtre, dessin oublié déjà, vous, détourné, loin, des mois en arrière, ayant rejoint par la pensée vos palettes et vos huiles, et le tableau qui vous était si cher :

« J'ai travaillé longtemps à cette toile, plus longtemps qu'à aucune autre », avez-vous murmuré, vous regardiez la rue. Après quelques secondes, vous tournant à demi et d'une voix plus forte, vous avez ajouté :

« Pour le Salon, oui, pour le Salon. »

Vous avez pris à ce moment un air grave, important, et dans cet air vous sembliez vous parler à vous-même. Je n'existais pas.

« Salon » : je vous imaginais chez vous, devant le tableau accroché sur l'un de vos murs, ou bien prenant le thé chez des amis à qui vous l'auriez offert. Je ne savais rien de votre vie ni de tout ça. Pour moi le mot salon désignait l'une des pièces d'un appartement vaste et plutôt élégant. Il n'y avait pas de salon chez la vieille femme qui me logeait depuis un an, ni non plus à Labenne chez ma mère.

Nous avons fait l'amour puis nous sommes restés un moment allongés l'un à côté de l'autre. Le soleil couchant posait sur le mur des flaques de lumière orangée. Je me souviens qu'il y avait du soleil mais du vent encore, et qu'à la fenêtre l'une des lanières qui tenaient les stores extérieurs frappait la vitre par à-coups. C'était le petit gland de bois qui termine les lanières, un bruit léger, néanmoins insistant, comme quelqu'un qui m'aurait appelée, qui sans se fâcher de ce que je ne répondais pas aurait continué, inlassablement. Je l'entendrai une autre fois ce petit bruit, des années plus tard, dans un hôtel où nous dormirons mon mari et moi, au retour d'un voyage en Andalousie. Un voyage qui m'aura émerveillée et emplie de soleil, de musique. Pourtant avec ce petit bruit tout me reviendra de cet après-midi à vos côtés. Vous m'avez caressé les cheveux, vous répétiez d'un air absent : « Tu sais je suis un peintre, un grand peintre. » Trois fois vous l'avez dit. C'était un jour de printemps, un jour de l'année 1873.

Ce temps me revient comme un cheval de bois sur un manège qu'on ne pourrait arrêter. Bien sûr je savais que je ne vous reverrais pas. Tout de suite, dès ce moment où je vous ai suivi, j'ai su cela, et que votre intérêt pour moi se limiterait à quelques heures, à un après-midi, une journée peut-être. Le dessin : un cadeau d'adieu ? J'ai pensé à celui que fait un homme à une prostituée en paiement du temps de jouissance. On m'avait mise en garde, et puis, entre danseuses nous parlions, je savais. Je savais ce qui arrivait à la plupart des ballerines, pauvres, seules à

Paris, perdues. Après la rudesse des professeurs, le travail à la barre, les répétitions jusqu'à épuisement, il y avait des hommes qui venaient parfois au foyer de la danse, des abonnés à l'Opéra. Chapeaux hauts de forme, distingués ou pas, mais riches. Ils faisaient la loi. Ils choisissaient une paire de jambes, un minois, un tutu, soumettaient. Les parents derrière, lorsqu'ils vivaient en province, étaient ignorants des mœurs de la capitale. Ceux qui vivaient à Paris, avec leur fille ou non loin, semblaient la plupart du temps ne pas comprendre, ne voulaient pas savoir. Ne protégeaient pas. S'ils savaient, peut-être même voyaient-ils dans ces rencontres rétribuées la possibilité d'une ascension sociale. Les mères, certaines assistaient aux répétitions, se disaient : « Qui sait, la petite, elle est jolie, elle trouvera un homme riche qui l'entretiendra, ou mieux encore, qui l'épousera ! » Et elles pensaient « un nigaud, un benêt ». Plusieurs de mes camarades étaient obéissantes, docilement se vendaient. Dans les mansardes, dans les cuisines tristes, devant de maigres soupers, on rêvait de bien-être, de bijoux, de satin...

Mais moi, non. « Moi, ce n'était pas ça, ce n'était pas ça, je vous aimais ! » Je le dis d'un trait sans respirer, violemment et le cœur débordant de ferveur. Je vous avais remarqué un jour où vous aviez pu assister à une répétition, par passe-droit ce jour-là, car vous n'étiez pas encore un de ces abonnés aux spectacles de l'Opéra et il fallait l'être. Bref, je vous avais trouvé beau, un prince ! Vous n'étiez pas comme les autres hommes, ça se voyait, et, même en tant qu'artiste peintre, vous étiez différent. Par exemple, vous vous teniez appuyé contre un mur, sans carnet sans crayon, les bras croisés. Vous travailliez de mémoire, je l'ai su plus tard, c'était une chose connue que vous nous observiez seulement. On disait aussi que quand vous demandiez les petites pour qu'elles posent dans votre atelier, c'était uniquement pour qu'elles posent, que rien n'arrivait d'autre, vous ne vouliez rien d'autre, vous étiez différent. Le soir dans mon lit, je rêvais que vous reveniez, que vous nous observiez, je rêvais que parmi toutes les autres vous me remarquiez.

Vous étiez revenu. Parmi toutes les autres vous m'aviez remarquée.

Le dessin, je l'ai pris bien sûr, enlevé de la table, le lendemain. Ce jour-là, j'ai longuement regardé le portrait de la femme et des deux fillettes, je ne pouvais en détacher mes yeux, je scrutais. Je crois qu'à travers les trois visages je cherchais ce qu'il en était de vous, de votre regard sur elles, de vos sentiments. J'ai posé les doigts sur les corps dessinés, très doucement j'ai suivi le contour des silhouettes, et puis j'ai recouvert le dessin d'un tissu très fin, un foulard de mousseline que j'avais reçu d'une cousine pour Noël. Je l'ai roulé puis posé sur une étagère en haut de l'armoire ; pour le moment me suis-je dit, là, il ne risque rien. Il m'aurait fallu, pour le protéger mieux, quelque chose, une vitre, du verre, oui il me fallait du verre. Tout à coup j'y ai pensé. J'ai été prise soudain d'une grande envie d'avoir du verre, de mettre ce dessin sous verre. Et aussi de l'exposer. Oui, il fallait cela, il le fallait ! J'ai envisagé de faire appel au quincaillier du bas de mon immeuble pour qu'il l'encadre. Je savais que c'était cher mais peu importerait le prix : je travaillerai plus encore. Des peintres venaient chercher des modèles à l'Opéra et je posais parfois pour eux, je poserais tant qu'il faudrait, j'accepterais toutes les séances, jusqu'à ce que mes muscles soient douloureux, jusqu'aux crampes, jusqu'à la nausée, jusqu'à ne plus pouvoir. Oui, encadrer puis accrocher le dessin sur un mur de ma chambre et que, levant la tête, je le voie, chaque jour. J'ai eu cette envie, très forte : tous les jours le voir, et qu'il m'accompagne.

Je ne suis pas descendue chez le quincaillier, je n'ai rien fait. Et vous, vous n'êtes pas revenu au 12, rue Le Peletier dans la salle d'opéra. Quand elle a été détruite par un incendie en octobre 1873, ce fut pour certaines d'entre nous un joyeux chamboulement, pour moi un déchirement : je perdais le lieu où je vous avais connu. Pendant un an, les représentations se sont succédé dans un nouveau théâtre, le théâtre Ventadour. J'ai détesté l'endroit, triste, vieillot, mais surtout vous n'y apparaissiez pas. Chaque matin j'allais, pleine d'espoir. Je guettais votre silhouette parmi les hommes qui venaient, je vous attendais. Soucieuse, tout occupée de vous, inattentive au ballet, je dansais mal. Faux pas et contre-temps, j'étais réprimandée, humiliée, menacée de perdre une partie du petit salaire qui nous était versé et avec lequel je payais mon loyer et ma nourriture. Je vous attendais, vous n'apparaissiez pas, ce fut une période sombre.

Le 5 janvier 1875, il y a eu l'inauguration du nouvel opéra conçu par Charles Garnier. Un événement considérable et très attendu car le bâtiment était en construction depuis longtemps. Notre maître de ballet, le dur, l'exigeant Louis Mérante, était très excité. Aux répétitions, il montrait une ardeur extrême, bâton à la main, il s'agitait, gesticulait : « Il faudra être parfaites les petites ! Je ne supporterai aucune erreur, aucune défaillance, aucun défaut dans vos tenues ! Vous vous rendez compte, il y aura le président de la République Patrice de Mac Mahon, les maires de Londres et d'Amsterdam, et le roi d'Espagne aussi ! »

Tout s'est passé comme il fallait, seule fausse note regrettable mais qui en a fait rire certains dans les coulisses, dans les journaux et dans les cafés alentour, Charles Garnier, qui n'avait pas été invité, a dû payer sa seconde loge. Moi, rien ne me faisait rire, rien ne m'étonnait, rien ne m'intéressait, n'existait que cette porte au fond de la salle de danse où vous pourriez apparaître.

Cette année 1875, le foyer de la danse a donc déménagé de nouveau. Je me laissais porter, triste, je pensais être devenue indifférente aux lieux. Or le nouvel opéra m'a éblouie. Nous l'avons toutes été. Je me souviens du moment où pour la première fois nous y avons pénétré, jamais nous n'avions vu une telle magnificence : escalier à double évolution en marbre blanc ! longue galerie bordée de tableaux, de sculptures ! et puis surtout scène à l'italienne, « la plus vaste du monde », nous a-t-on dit ! Tout était somptueux, grandiose, moderne. Lorsque je vous ai revu, Edgar, ce fut là, à Garnier : lieu d'un nouveau temps. Mais vous ne me regardiez plus.

Vous ne me regardez plus, aucun sourire, aucun signe de vous, puits sans fond je tombe, je m'enfonce, je sombre où tout est noir. Maman j'ai mal, je me cogne, je m'écorche aux parois, des pierres partout, coupantes. Mais on m'a appris, je suis vaillante, tu m'as appris maman, j'essaie, je me redresse, je crâne : haut le front, haut le regard, bien relever le coin des lèvres, je souris. Devant moi, sans vous en cacher, vous observez avec un évident bonheur d'autres danseuses. De nouveau je tombe.

Il y avait une petite tout à fait ordinaire, qui n'était qu'une figurante et dont pourtant je devins très jalouse, une certaine Marie van Goethem. Elle vous intéressait beaucoup.

Alors, j'ai laissé votre dessin roulé dans le haut de l'armoire, je ne l'ai pas déployé. Parfois je le voyais en rangeant des affaires, je le regardais du coin de l'œil mais sans y toucher. Pas de quincaillier, pas de mise sous verre, je n'ai rien fait. Maintenant je pense que c'était raisonnable, que voir ce dessin chaque jour aurait été une blessure, chaque jour m'aurait rappelé votre dédain, votre indifférence. J'étais très jeune, je crois que quelque chose en moi me portait vers la vie. Je protégeais le dessin et, le cachant, je me protégeais moi-même.

Nos corps s'étaient aimés, s'étaient mêlés comme au premier matin du monde. J'imaginais des voluptés plus vigoureuses mais sans doute mon jeune âge vous intimidait-il ou bien le vôtre déjà vous limitait. Je vais vous tutoyer.

Le tableau que tu avais esquissé devant moi en une reproduction soignée s'intitulait *Portrait de famille*, il prendra plus tard le nom de : *La Famille Bellelli*. Ta famille italienne.

« L'épouse et les deux filles de Gennaro Bellelli, un baron », avais-tu précisé. Cette famille avait de l'importance pour toi et sans doute l'avais-tu signifié par la taille de la toile. Cela je ne l'ai su que beaucoup plus tard, quand je l'ai vue : deux mètres sur deux mètres cinquante, c'est une belle taille pour un tableau.

Baron… Moi je n'étais qu'une petite danseuse, une ballerine de l'Opéra de Paris. L'une de celles qui t'inspiraient et pour lesquelles tu venais aux répétitions. Tu m'avais remarquée, tu m'avais souri, je t'avais suivi. Pourquoi ? Je ne sais pas, amoureuse, fleur bleue sans doute, nourrie de chansons et de contes par une fée paysanne : « Dodo, l'enfant do », je n'étais pas sortie du rêve. Et puis, la douceur de ton regard, ton air aristocratique aussi je suppose, ton assurance. Je n'avais pas eu de père.

J'avais quinze ans, tu en avais quarante. Pour toi une aventure, pour moi la première fois et le grand amour.

Ce même jour, le seul où nous fûmes ensemble, c'était au printemps, c'était la fin mai dans sa bienveillance, dans sa promesse de l'été. Le soleil effleurait le monde, la pierre des immeubles, s'accrochait aux feuillages, emplissait de douceur, nous marchions. Avec toi les bords de la Seine, la place Saint-Germain-des-Prés, la rue Bonaparte, tout m'émerveillait. Nous restions en silence. Pourtant, parfois, d'un geste de la main tu désignais le détail d'une porte, une enseigne jolie ou amusante, une boutique : « Vois », disais-tu, et puis tu commentais. Quand nous étions arrivés dans le jardin du Luxembourg, tu m'avais montré : « Il y a un musée ici. » Tu ignorais qu'un jour, après ta mort, ton chef-d'œuvre, comme tu l'appelais, *La Famille Bellelli*, y serait exposé. Moi aussi, bien sûr, je l'ignorais. Qui pouvait penser à ça ? Tu étais vivant, bien vivant alors, encore jeune et alerte. Fringant. Ce jour-là, le ciel était impeccablement bleu, je me souviens que des enfants jouaient autour du bassin. Ils faisaient voguer de petits bateaux, les poussaient avec un bâton. Ils couraient, s'interpellaient, riaient. Le soleil tombait sur eux, les enveloppait d'une poussière lumineuse. Les statues pâles, le faune dansant, le miroitement de l'eau, ce nuage dans lequel évoluaient les enfants donnaient au jardin un air d'irréalité en accord avec ce que je vivais. Parfois tu me demandais de m'asseoir sur un banc ou sur l'une des chaises du jardin, tu me regardais, tu sortais un calepin de ta poche, tu griffonnais un portrait. Moi, pas de papier, pas de crayon, pas de talent, je n'avais aucun moyen de fixer cette journée, sinon la mémoire. Je m'y appliquais : « retenir », quel mot juste ! Empêcher que ça passe, que ça parte, soudain le cœur se serre. Au secours, angoisse, détresse. Quelque part quelqu'un. C'est la nuit, quelqu'un court, quelqu'un pleure, agripper le vêtement de celui qu'on aime et qui s'enfuit. Remous, nuit de la mémoire, souvenir enfoui, un père peut-être s'enfuyait. J'étais déjà dans la perte, le déchirement, la nostalgie. Retenir : prendre et garder, oui, garder : tu parlais peu mais je me souviens de chacune de tes paroles.

Encore une fois tu avais évoqué ce tableau esquissé devant moi : « Présenté au Salon avec succès », disais-tu. Cette famille italienne était celle qui t'accueillait là-bas, à Florence, et semblait te manquer. Ta tante surtout, la femme de ce baron, tu l'aimais beaucoup. « Belle, courageuse, droite », disais-tu. Est-ce parce que tu étais sensible à sa beauté ? Sur le portrait que tu avais fait d'elle, elle se tenait si droite que je la trouvais effrayante. Tu parlais de Florence : « Le foyer de la Renaissance. » Tu parlais de Naples aussi dont cette famille était originaire et où tu étais souvent allé. « Ah le soleil napolitain ! », tu désignais le ciel : « Plus fort encore que celui d'aujourd'hui. ». Tu évoquais les odeurs qu'il y avait là-bas, celles des étals, des marchés, de la mer, des bas quartiers de la ville, « fortes, si fortes parfois qu'elles en sont nauséabondes ». Tu disais « là-bas » et le disant tu resplendissais. Nous marchions côte à côte, le regard porté droit devant, mais sans te regarder je te voyais. Dans un même enthousiasme tu citais les deux villes et aux noms de ces villes tu te redressais. Tu étais comme imprégné d'elles, grandi, le torse gonflé de leur air, de leur prestige, de leur beauté. Oui, la peinture, la famille et l'Italie, tu m'ouvrais un instant ton monde puis tu le refermais, Edgar, alors nous marchions en silence.

Moi, ma famille c'était ma mère, elle vivait loin, dans un village des Landes. Elle était pauvre, travaillait dur. Petite maison, bout de jardin, jamais nous n'avions eu ni l'argent ni l'idée du voyage, pour moi le seul parfum de l'enfance c'était le lilas au fond de l'allée.

Ta main sur mon épaule, une forte pression de tes doigts et soudain :

« Tu es jeune, tu as tout le temps mais il faudra y aller. »

Des musées, de l'Italie, de Naples et de Florence je ne savais rien, marchant à tes côtés je me disais cela que je ne savais rien. Nous avions marché encore.

À mi-promenade, tu m'avais demandé où je logeais et, doucement, sans que j'en eusse vraiment conscience, nous nous étions approchés de ma rue. Je crois qu'en réalité je savais où nous allions, et pourquoi nous y allions. Je le savais bien sûr, je savais, je redoutais, je voulais.

Et puis il y eut ce temps avec toi dans ma chambre. Je n'en dirai rien.

Ensuite il y eut ce moment où tu as ouvert la porte pour partir. Je me souviens parfaitement, c'est inscrit, fiché en moi. J'étais debout près de toi, je regardais ton visage. Sur ton front une ride s'était creusée et la mèche rebelle persistait à descendre jusqu'aux sourcils. J'ai remarqué une petite cicatrice au coin gauche de tes lèvres, elle était en forme d'étoile. Tu étais un peu pâle m'a-t-il semblé, silencieux, gêné peut-être.

J'aurais aimé toucher la petite cicatrice, je n'osais pas. C'est là, je ne sais pourquoi c'est là que j'ai eu envie de dire quelque chose moi aussi. Parler. Pour exister devant toi sans doute, et aussi prolonger ce moment où, la main sur la poignée de cette porte de ma chambre, tu n'étais pas encore parti. Oui te retenir, ne serait-ce que quelques minutes te garder. Il y avait dans le cours de danse une fille qui s'appelait Florence. Lorsque tu avais cité la ville, je m'étais étonnée qu'une ville ait un nom de fille. Alors, en te quittant, comme ça, tout d'un coup, je te l'ai dit, mon étonnement. Tu t'es reculé, oh, à peine, quelques centimètres, juste un retrait du buste, imperceptible, et tu m'as regardée. De la tête aux pieds et des pieds à la tête tu m'as regardée, d'un seul trait aller-retour, ainsi l'herbe est sous la faux, puis, l'air consterné tu as dit : « Tu es sotte. »

Tu l'as dit comme un constat et avec un air de grande déception. Je me souviens que cet air m'avait peinée, mais aussi, qu'après coup il m'avait donné de la joie à penser que peut-être, si je n'avais pas été sotte, tu m'aurais aimée.

Est-ce à cause de ces mots ? Je me suis mise à lire. À cause aussi de ce que tu m'avais dit de tes amis, « érudits, admirables, ils savent tout des livres ». Je rêvais de te revoir, de t'étonner, d'être admirable.

Bien sûr chaque jour j'allais danser à l'Opéra, danser était mon métier, je n'imaginais ni ne savais rien faire d'autre. De l'échelon de « coryphée » j'étais passée à celui de « sujet » : grand écart, pas chassé, jeté, plié battu, saut de chat, déboulé pointes, je travaillais avec pugnacité, je progressais vite. J'aimais danser et le peu que je gagnais me permettait de vivre. Mais les soirs où il n'y avait pas spectacle, et dès que ça m'était possible, je lisais.

Pirouettes et entrechats, mais aussi humiliations, brimades, parfois attouchements, enlacements forcés, tutus, fatigue, j'ai grandi. J'ai eu seize, puis dix-sept puis dix-neuf ans. Je dansais, je lisais.

Tout d'abord il y eut les romans publiés en feuilletons dans *Le Petit Journal* qu'achetait mon concierge. Après les avoir lus, le brave homme les laissait devant sa porte pour qui les voulait. Je les prenais. J'avais été bonne élève chez les sœurs à la petite école de Labenne, chaque jour ma mère m'y menait, elle tenait à ce que je sache lire et écrire, elle-même ne savait pas. Pourtant au début, là, dans ma chambre, journal déployé sur la table, ce fut laborieux, rebutant presque. J'ai bien failli lâcher prise. Puis vint la facilité, l'intérêt, le plaisir. Je ne lisais plus pour devenir « admirable », je lisais pour le bonheur des mots, du texte, des intrigues. Je découvris Eugène Sue, Alexandre Dumas, Ponson du Terrail, les romans populaires pleins de rebondissements et de passions. Ils m'enchantaient : oh l'impatience de lire l'épisode suivant ! Le soir, dans la légère odeur de pétrole de la lampe, je lisais jusqu'à tomber de sommeil. Il y eut aussi Zola, Balzac, Barbey d'Aurevilly, George Sand et d'autres qu'au début je trouvais difficiles. Très vite je les ai aimés. Certains des personnages féminins me ressemblaient, j'étais sûre de cela, ils pensaient comme moi, comme moi souffraient de pauvreté, d'abandon, de rejet, et vivaient la douleur d'un amour impossible. Oui, nombre de ces textes parlaient de moi, je m'exaltais, j'étais devenue lectrice et héroïne, une lectrice insatiable, une héroïne fantasmée. Quand je le pouvais, j'allais fouiner dans les librairies du Quartier latin, je me privais de dîner pour acheter des romans édités en volumes. Parfois quand je n'avais pas d'argent j'en volais un. Oui, j'en volais. Je lisais, je lisais, la lecture était mon bonheur, ma liberté. J'apprenais, au hasard des trouvailles, c'est-à-dire sans méthode, sans conseil, je ne connaissais personne qui pût me guider, j'allais seule.

J'allais seule et j'étais seule. Au foyer de la danse je n'avais pas vraiment d'amie, je n'y dormais pas. Ma mère avait préféré me louer une chambre chez notre vieille cousine, au 6, boulevard d'Italie. Ainsi pensait-elle j'aurais un chaperon, cela la rassurait. En fait, la vieille cousine, je ne la voyais que lorsque j'allais frapper à sa porte, ce qui arrivait rarement. Non, pas d'amie, des camaraderies, des solidarités de petits rats mais qui prenaient fin dès que je passais le seuil de l'Opéra. Les ballerines qui vivaient dans leur famille se réunissaient peu en dehors des spectacles et des répétitions, nous étions toutes très fatiguées. Le soir, hâte de dormir, moi, hâte de lire avant de dormir. La lecture sans doute me séparait des autres. De plus en plus. J'en éprouvais un peu de fierté : différente, j'étais différente donc quelque chose d'extraordinaire allait forcément m'arriver. Les jours de repos, je quittais ma chambre et j'allais dans Paris. Le nez au vent, attentive à la ville, je sillonnais les rues, exploratrice solitaire dans la jungle, curieuse petite bonne femme, je me sentais libre, intrépide, toute-puissante presque. En plus des journaux, des libraires, j'avais découvert les musées : les livres, les musées, j'avais un appétit d'ogre.

Je te dois cela, Edgar Degas, je te dois ma naissance à la culture, à l'art, je te dois la découverte du bonheur d'apprendre. C'est un cadeau immense dont tu ne sauras jamais rien. Pourtant, quand je repense à nous, c'est aussi de la colère qui me vient, de ton dédain, du sot mépris de certains hommes pour qui n'est pas de « leur monde ».

Oui, je volais des livres. Je dois le dire, le dire est en quelque sorte mon honnêteté. J'avais commencé par un livre, un jour, presque sans le vouloir, que j'avais oublié de payer. J'étais sortie de la librairie le volume à la main sans que personne s'interposât, et c'est seulement de retour chez moi que j'avais pris conscience, « pas payé ». Peur rétrospective, puis petit fou rire toute seule et puis vague de joie, « un livre gratuit ! », j'avais recommencé. À voler me venait une jouissance et le bonheur de lire en était décuplé. Au Quartier latin, explorant les rues, j'étais devenue experte à cet exercice, et assez vite dépendante, comme à une drogue. Peur et excitation mêlées. N'ayant pas encore une culture littéraire, au début je volais n'importe quel livre, c'est donc par le hasard que je fus éduquée. Dans ma chambre les étagères étaient saturées et une pile commençait à se dresser contre l'un des murs. Je regardais cette pile s'élever. Solitude, manque d'argent, manque d'amour, même si l'expression peut sembler impropre, ces œuvres je les lisais comme « tombées du ciel », elles m'emplissaient de bonheur, me consolaient.

Un jour, je sortais d'une librairie rue Malebranche quand une main ferme et brutale s'est abattue sur mon bras et m'a arrêtée net. J'ai cru défaillir : j'avais dérobé un volume que je cachais sous mon manteau, on m'avait vue ! Immédiatement j'ai cru le pire, la police, le renvoi de l'Opéra, la prison même ! Je me suis imaginée dans le noir d'un cachot, désespérée, j'ai pensé au *Claude Gueux*, de Victor Hugo.

Son regard n'était pas méchant, me scrutait seulement. À peine osais-je le regarder. Il était grand, ni beau ni laid, le cheveu clair et les yeux bruns. Du vêtement, je ne saurais rien dire, trop affolée pour noter. Il me dévisageait en silence et c'était pire que s'il avait parlé. Sur mon bras sa main ne relâchait pas sa pression, je me souviens que j'ai détourné les yeux. À un mètre de nous, trois pigeons se pavanaient sur le trottoir mouillé. Je fixais les volatiles comme s'ils pouvaient m'extraire de la réalité, comme s'ils pouvaient gommer l'alentour et que plus rien d'autre n'existât qu'eux. Aussi absurde que cela puisse paraître, de ce moment c'est cette image des pigeons qui me reste.

Au bout d'un temps qui m'a paru très long :

« Je suis le libraire », me dit-il.

Et puis, après encore quelques instants de silence, et comme je restais muette :

« Je vous l'offre. »

Ainsi ai-je connu Serge. J'avais dix-neuf ans, il n'en avait pas beaucoup plus. Il est tombé amoureux. Je crois que d'une certaine façon moi aussi : il n'avait pas appelé la police, il aurait pu, et alors où serais-je maintenant ? J'étais émue, il m'absolvait, me comprenait, me protégeait... et puis, il était libraire !

Oui, grand, ni beau ni laid Serge, a priori rien d'autre à dire, ou plutôt si, Serge était un gentilhomme, l'aurait été dans un autre temps, et même sans particule à son nom. Il aimait la campagne et les livres et la terre, et tout ce qui est beau. Serge avait un cœur noble et clément.

Sa famille s'était enrichie au début du siècle en de multiples affaires, dont certaines peut-être étaient douteuses, je n'ai jamais su. Bien qu'il eût choisi une tout autre voie, il gardait pour ses parents beaucoup d'affection. Son père et sa mère, je les connaîtrais bientôt, je n'aurais jamais vraiment à m'en plaindre mais jamais non plus ne les aimerais.

Quelques mois après ce vol (bien sûr ce fut le dernier), une méchante entorse à la cheville m'a fait abandonner l'espoir d'être première danseuse, d'être peut-être un jour danseuse étoile. J'ai dû cesser un temps d'aller à l'Opéra. Je n'étais plus payée, Serge m'aidait. Malgré du repos et des soins médicaux j'ai dû bientôt renoncer à la danse, j'ai quitté l'Opéra. Serge en était ravi, qu'il épouse une danseuse n'aurait pas été du goût de sa famille, nous nous sommes mariés.

Nous avons eu très vite un enfant, une fille. Serge a voulu qu'elle s'appelle Sophie : la sagesse s'installait au foyer. J'étais belle disait-on, enviée. Mon mari avait une certaine aisance financière, nous avons déménagé pour un appartement plus grand, plus confortable, rue Jacob. Ses parents habitaient à Chatou une spacieuse demeure où nous allions le dimanche, il y eut le printemps, puis l'été : déjeuners dans le jardin, fruits du verger, sorbets et friandises, balançoire pour Sophie. Comme elle était trop petite pour en faire seule, son père l'y posait, la tenait, nous riions de les voir. Pour moi, chaise longue, éventail et parasol. J'étais aimée, gâtée, à Paris nous recevions souvent des amis, nous sortions aussi. Je ne t'ai jamais oublié.

Par moments des idées folles me traversaient, je pensais à te chercher, à te retrouver, à te revoir. À te séduire peut-être ; une colère me restait au cœur, me venger du mépris que tu avais eu pour moi. J'aurais su. Te séduire, oui je me disais que j'aurais su, j'en avais maintenant les moyens, l'assurance, la beauté, et même la respectabilité. Je n'étais plus une de ces danseuses dénigrées, infréquentables, j'étais une jeune femme mariée à un homme respectable et cultivé. Moi-même je n'étais plus ignorante, je pouvais parler de littérature, d'art. Te revoir, te séduire et me venger, c'était en moi comme un feu. On croit qu'il meurt et il reprend, inextinguible. Ça me brûlait, ça revenait ça me brûlait, te souvenais-tu de la petite ballerine ? Te souviens-tu, Edgar ? Les statues du Luxembourg, le ciel, les jardins, la fontaine Médicis, les enfants qui jouent près du bassin, la douceur de ma peau ? À mon mari, à tous, je cachais mes brûlures.

J'ai rêvé d'une rencontre fortuite. Nous ne nous étions jamais revus. Frôlés c'est sûr, au cours de ces années, depuis mon mariage, à l'occasion de fêtes, d'événements artistiques, nous fréquentions les mêmes milieux. Ainsi, quand Serge et moi nous allions dans les musées, dans les salles de spectacle ou les salons, je pensais : il s'est assis peut-être un jour là où je m'assieds, il a vu les mêmes lieux, les mêmes objets, les mêmes tableaux, il a posé sa main sur le pommeau de cette rampe où je pose la mienne. Je caressais les boutons des portes en pensant que tu les avais touchés. Une folie me prenait que j'évacuais le lendemain ou le soir même, une sorte de fièvre.

Et du temps passait. Avril 1880, j'ai eu vingt-deux ans. Chaque matin Serge partait pour sa librairie. Moi, je m'occupais de notre enfant, je faisais des courses, je me promenais dans Paris. J'avais la vie facile des jeunes femmes de milieu aisé, quelqu'un pour m'aider au ménage, des bijoux, de jolies robes. Aucun autre devoir que celui de montrer un visage paisible et heureux.

Parfois, j'allais à des expositions. Ainsi, et ce n'était pas un hasard bien sûr, je suis allée à la cinquième exposition de peintures des impressionnistes, rue des Pyramides. Serge ne m'a pas accompagnée, il avait un rendez-vous avec un auteur : « Mallarmé, un formidable poète », m'a-t-il dit, il était tout ému, intimidé.

C'était une belle journée, je marchais dans Paris et c'était vers tes tableaux. Je savais cela, à chaque pas je savais que c'était vers tes tableaux et j'allais, légère, rapide, comme portée. En moi, à nouveau l'exaltation.

Rue des Pyramides, j'ai vu les toiles de MM. Caillebotte, Bracquemond, Forain, Gauguin, et d'autres encore. Plaisir de découvrir que des femmes aussi exposaient : Mary Cassatt et Berthe Morisot. Sur un papier j'ai écrit leurs noms pour les retenir. Et puis bien sûr et surtout, j'ai vu tes toiles, Edgar, nombreuses, et qui figuraient en bonne place ! Je les regardais, je n'arrivais pas à m'en détacher ; longtemps je suis restée devant certaines, par exemple devant *La Leçon de danse*, parce qu'on y voit une danseuse assise et qui semble épuisée. Bonheur et gratitude : ainsi montrais-tu non seulement la grâce mais la souffrance aussi, l'envers du décor, notre misère.

À un moment, l'un des gardiens du salon s'est approché de moi, il s'étonnait, je crois, de ce que je restais si longtemps devant tes toiles. Plutôt que le terme « Impressionnistes » tu aurais voulu celui de « Intransigeants », m'a-t-il dit. Il souriait. C'est vrai qu'il fallait être intransigeant pour résister aux critiques, aux quolibets qui fusaient de toutes parts. Moi, j'avais aimé, tout de suite, j'avais adoré ce que faisaient ces nouveaux peintres, ils étaient audacieux, sûrs de ce qu'ils portaient de beauté et de modernité, vaillants, oui, intransigeants. Tu étais de ceux-là et le savoir me rendait fière comme si nous étions amis.

Le temps avait passé depuis mes quinze ans, pourtant, à travers ces expositions et sans que j'en fusse consciente, la beauté de tes œuvres nourrissait en moi l'amour que je te portais. Je rêvais : tant de progressisme et d'ouverture dans la modernité ne pouvaient que gommer ce qui séparait le grand peintre de la petite ballerine que j'avais été. L'écart gommé, alors, te souvenant, regretterais-tu ? Tu me regrettais Edgar ? J'aurais tant aimé…

Un jour, je crois, dans un de ces Salons, je t'ai aperçu… peut-être. Tu étais de dos, tu parlais avec un homme. Après avoir si longtemps attendu, espéré, rêvé cette rencontre, j'ai eu peur et j'ai fui. Jamais je ne saurai si c'était toi.

Car ainsi je te voyais, souvent, partout. Je te voyais et t'évitais. J'étais en quête de toi. Je ne le savais pas, ou à peine. Je courais après des ombres. Dans la foule parisienne il y avait des silhouettes qui pouvaient être la tienne, des allures, des sosies qui se succédaient, des émois, des leurres, des déceptions.

Et puis un jour, alors que je sortais d'une exposition :

« Je suis photographe, je voudrais faire votre portrait, prendre des photos », me dit un homme.

Puis, souriant :

« De votre visage, n'ayez aucune crainte. »

Comme je partais sans rien répondre, il m'a saisi le bras, m'a retenue, si brusquement que l'espace d'un instant, sous la pression des doigts qui ne faiblissait pas, un souvenir m'est venu, brutal aussi : j'étais rue Malebranche, je sortais de la librairie, j'avais volé un livre et sur le seuil le libraire m'arrêtait. Il y avait longtemps déjà mais c'était la même brusquerie, la même pression des doigts, pour moi le même effroi.

Cet incident avait déterminé ma vie actuelle. Là, à ce souvenir, devant ce photographe qui me serrait le bras, sous la pression des doigts je me suis dit cela, qu'à partir de ce lieu et de ce moment, pour moi, tout avait changé et que j'avais eu de la chance : Serge, le gentil Serge tombé amoureux m'avait offert ma nouvelle vie, ma vie rangée, protégée, facile. Soudain, d'un coup, spontanément, sans que je comprenne ni ne m'y attende, j'ai pensé : ma vie monotone. Oui, monotone. Tout à coup elle m'est apparue telle, une suite de journées grises dans un douillet confort. Bien loin, c'est sûr, de ce dont rêve une jeune femme nourrie de nombreux romans. Et voici que l'homme, ce photographe, par le seul geste de me saisir le bras, d'une même pression des doigts, et suscitant le même effroi, me reportait au 5, rue Malebranche dans ce moment-là, sur un seuil. Peut-on tout refaire, tout réécrire sur un seuil, tout bousculer, et que la vie s'évase, s'éblouisse du plein jour, s'épanouisse dans ce qui vient et qu'on ne connaît pas encore ?

Car ce n'était pas le seul souvenir que générait ce geste, plutôt l'agrégation de deux souvenirs : un autre venait, collé, avec le fait qu'on me demandât comme modèle. Ce deuxième souvenir, c'était toi devant moi ce jour lointain à l'Opéra dans la salle où nous répétions. Toi aussi tu m'avais demandée.

Celui qui me parlait sur le trottoir au sortir de l'exposition était mince et brun, te ressemblait peut-être un peu, Edgar Degas, avec un air sérieux mais quelque chose de las, de défait dans toute sa personne en même temps qu'une élégance dans la posture. J'ai eu une irrépressible envie de le suivre. Je l'ai suivi.

C'était tout à côté me sembla-t-il, dans une rue adjacente. Il y eut des portes, un long couloir sombre, de ces marches de bois, pauvres, sans tapis et qui craquent sous les pas, plusieurs étages. Il y eut au début mes brefs moments d'hésitation, de réticence même, où je me retournais à demi vers le trait de lumière qu'on apercevait tout au fond du hall sous la porte d'entrée, où je me tournais vers là d'où nous venions. Alors je sentais dans mon dos la poussée légère mais ferme de la main de l'homme. Je savais, pourtant j'allais.

Une porte encore, le bruit de la clé pénétrant la serrure. Dans une chambre où aucune lampe ne fut allumée il y eut les gestes, l'affolement puis la reddition. Ce fut triste, ce fut lamentable, je te demande pardon.

Avril, mois des impressionnistes, mois de leur Salon : 1881, le galeriste Durand-Ruel a l'audace de les accueillir pour un sixième salon malgré l'attaque des partisans de l'Académie.

Et elle était là, au centre d'une salle. Ce qu'on remarquait d'abord c'était une quantité de visiteurs qui s'étaient agglutinés autour. Ils formaient une masse dense qui la cachait aux regards des nouveaux arrivants. Ainsi, avant même de la voir, on en voyait l'importance, presque déjà la célébrité. Ta petite danseuse, imagine Edgar, tous ces gens étaient venus pour elle ! Considérable, considérée : c'était le clou de l'exposition, sa publicité, son scandale !

Pour Serge et moi un joli but de promenade. Hauts-de-forme et chapeaux fleuris boulevard des Capucines, des fiacres passaient, claquement des fouets, bruits des sabots sur les pavés, ciel bleu, le printemps pointait son nez, un petit soleil réchauffait notre hâte. Nous allions voir les tableaux de Pissarro et de Gauguin et bien sûr aussi (moi j'en tremblais), *La Petite Danseuse de quatorze ans*. En effet, cette statue de cire que tu avais créée défrayait la chronique, une foule serrée se pressait à l'entrée de la galerie. Je me défendais maintenant de penser à toi, de m'informer, de m'instruire de ce que tu faisais, de te suivre en quelque sorte. Mais là, me disais-je, j'y avais droit, tout le monde autour de nous parlait de ce salon et de cette œuvre, en y allant je ne ferais que suivre la mode, la foule, la vague culturelle.

Je regarderais comme les autres regardaient, je me l'étais promis, je commenterais comme eux, avec des sourires et des mines, avec cette mondanité de mise pour encenser ou critiquer. Tant pour les autres que pour moi-même, je ferais abstraction de ce qui m'avait liée à toi.

Pourtant, dès que je suis entrée, et surtout dès que je l'ai vue, j'ai été avec toi tout entière, bouleversée, solidaire.

À peine un mètre m'a-t-il semblé. Présentée dans une cage de verre et vêtue de vêtements de danseuse, ainsi l'avais-tu voulue. Provocation ou pur manifeste de réalisme (mais quelle audace !), un vrai bustier, un vrai tutu, de vrais chaussons : du tulle, de la toile, du taffetas, du tissu quoi ! La cire avec laquelle tu avais façonné le corps donnait à la peau une luminosité, un aspect naturel, et l'œuvre, qu'on la trouvât belle ou non, était impressionnante. Moi, je l'ai trouvée magnifique.

D'emblée. Au-delà de la réalité du corps dont tu n'avais gommé aucun défaut et, peut-être pour cette raison même, quelque chose s'affirmait avec une force qui sublimait l'ensemble. Dans la pose, dans le port de tête altier, presque insolent, la beauté était là, absolue. Une grande œuvre.

Mais, Edgar, en m'approchant du visage, j'ai reconnu celle qui avait posé pour toi : c'était Marie van Goethem. Je me suis rappelé la petite figurante que tu regardais avec tant d'attention au foyer de l'Opéra Garnier. Oui, c'était cette frêle et peu gracieuse jeune fille au visage ingrat, aux genoux cagneux, dont j'avais été jalouse. Ça a été comme si une seconde fois, là, tu m'abandonnais. Pourquoi ne m'avais-tu pas choisie ?

Je regardais les visiteurs autour de moi : l'œuvre, en même temps qu'elle attirait par son atypisme, semblait générer le malaise. Elle fascinait et effrayait. Il est vrai que le visage de la petite représentée était laid, repoussant même. « Elle tient plus de la bête que de la femme », ai-je entendu. J'ai souri à celui qui avait fait cette remarque et j'ai pensé stupidement : je suis plus belle. Elle avait le succès, l'attrait du scandale, mais déplaisait. Elle suscitait des remarques horrifiées, des critiques si violentes parmi ceux qui la dévisageaient que peut-être tu avais eu raison de la protéger derrière du verre. Très vite de nombreux articles peu élogieux, voire virulents, ont paru dans les journaux. Serge me les a signalés, « Elle fait parler ! », m'a-t-il dit, il en riait. Moi, j'achetais tous les journaux.

Alfred Wolff, du *Figaro*, prédisait avec assurance à l'auteur de *La Petite Danseuse de quatorze ans* un destin de raté. Henri Trianon, un autre journaliste, dans *Le Constitutionnel*, n'était pas plus clément : « Veut-il nous présenter une statuette de danseuse, il la choisit parmi les plus odieusement laides, il en fait le type de l'horreur et de la bestialité. » Et Paul Mantz, dans *Le Temps* du 23 avril, était encore plus caustique : « Il a cueilli aux espaliers du théâtre une fleur de dépravation précoce, et il la montre flétrie avant l'heure. » Enfin dans *L'Art moderne*, Joris-Karl

Huysmans évoque un public « ahuri et gêné ».

Je lisais, relisais et à chaque critique je m'offusquais du peu que tu étais reconnu, admiré. En même temps une onde de bonheur me parcourait, une joie méchante : j'étais vengée du choix que tu avais fait de ton modèle. Ça aurait dû être moi, oui, ça aurait dû être moi. Et en moi-même je te posais inlassablement cette question : pourquoi ne m'as-tu pas choisie ?

« Edgar Degas est pour moi comme un frère. »

Cette phrase, un homme la prononce, à une soirée, chez des amis. Nous venons tout juste d'entrer dans le salon. Déjà s'y trouvent quelques invités : brouhaha, bruits de verres qu'on apporte sur un plateau, rires légers en fond de salle, et soudain Ton nom.

Je serre le bras de Serge, je m'y appuie, m'y accroche pourrais-je dire, muette. Le sang afflue à mes joues, je le sens envahir mon front. Je pense, tout le monde doit le voir. Calme, retrouver mon calme. L'homme qui t'a nommé est derrière moi, sans plus percevoir ce qu'il dit je l'entends parler. Je me retourne. Il est entouré de trois amis, il est jeune, brun, les traits fins, porte moustaches, et il semble triste. C'est ce qui m'apparaît d'emblée, sa tristesse.

Je ne me trompais pas, James Tissot était triste. Je l'ai appris le soir même par l'amie qui nous recevait. Après un regard discret pour vérifier qu'on ne pouvait l'entendre, elle m'a dit à mi-voix : « Tissot, oui, un grand peintre, il vient de perdre sa compagne anglaise. Il vivait avec elle à Londres, il revient en France, il est inconsolable. » Je regardais cet homme, je me disais que c'était beau l'amour inconsolable.

Au cours de la soirée, je me suis mêlée au groupe où il se trouvait. Il parlait de peinture et de sa prochaine exposition. À un moment il a dit, « Kathleen aurait été si heureuse », et sa voix s'est enrouée.

« Kathleen Newton » a précisé une femme pour couvrir l'enrouement ou bien à l'intention de ceux qui auraient ignoré. « Elle figure sur presque toutes les toiles. » J'ai demandé quel serait le salon, on m'a regardée avec surprise : « L'exposition de ses portraits au Palais de l'Industrie ! C'est une rétrospective ! »

Ce soir-là, en rentrant chez nous, j'ai dit à Serge qu'il faudrait y aller.

Il était toujours courtois avec tous, en même temps qu'un peu lointain, sombre et comme enclos dans l'ombre de sa morte.

Est-ce parce qu'il était peintre comme toi ? James Tissot ranimait en moi une tristesse en écho, ravivait la brûlure. Plus grave encore, jusque-là, même si ton souvenir m'habitait et parfois engendrait des pensées folles, tout restait dans le domaine du rêve, or cet ami, de chair et d'os, nous parlait, nous serrait la main, concrétisait. Lorsque à cette soirée il avait prononcé ton nom, soudain ta personne avait surgi, tu étais là, à côté, comme dans une pièce voisine dont il suffit de pousser la porte. Un pas, une question, un geste peut-être, et tous les possibles seraient à nouveau présents. Je n'avais pas le droit. « Je n'ai pas le droit », me répétais-je.

Quand nous voyions James Tissot, j'avais à la fois envie et peur qu'il parle de toi. Toujours il t'encensait, te célébrait. Il affirmait que sans toi le Salon des impressionnistes n'aurait pas existé, que ce courant n'aurait pas pu s'imposer. Il parlait de tes querelles avec Manet, de ton « sale caractère », mais pour le Salon, disait-il, tu avais été déterminant.

Savoir. Savoir ce que tu faisais, comment tu vivais, si tu avais une femme ou une compagne. Je ne questionnais pas, jamais. Mais ces jours-là, le soir, après que tout le monde s'était quitté, j'étais torturée par la frustration.

D'autres fois la colère me prenait, contre moi-même, je me raillais, me moquais : je n'étais qu'une toute nouvelle petite bourgeoise qui s'offrait un chagrin d'amour.

Hier, terrible nouvelle : Edgar Degas serait atteint d'une maladie ophtalmique, irréversible, bientôt aveugle. Moi, d'un coup, dévastée. Je comptais sur le temps, il ne m'aide pas, je sens que je coule, je ne peux me défaire du souvenir de Degas, je m'y noie.

La soirée s'annonçait comme d'autres soirées où nous sommes maintenant souvent invités : assemblée principalement composée d'artistes, nantis ou au contraire très pauvres, dont certains viennent là surtout pour le buffet et pour l'absinthe. Joli mélange de gens bien pittoresques. À notre arrivée, il était beaucoup question du dernier roman de Zola, *L'Assommoir,* qui faisait scandale dans la bourgeoisie, et tous applaudissaient Zola. Ce soir-là il y avait Gustave Caillebotte, admirable c'est sûr, et déjà renommé. On dit qu'il est riche, collectionneur, et qu'il achète souvent des toiles à ses amis. En entendant son nom, fulgurance, j'ai pensé : bien sûr il connaît Edgar Degas.

M. Caillebotte n'a fait mention ni de sa collection ni de Degas. Très entouré, il restait loin du petit groupe que nous formions Serge et moi avec nos amis. En revanche, une certaine Mary, peintre également, t'a évoqué. Une Américaine, excentrique et loquace. J'ai compris qu'il s'agissait de Mary Cassatt dont j'avais vu des toiles rue des Pyramides. Autour d'elle s'était assemblée une sorte de cour attirée par son sourire et le piment de ses propos.

Je me souviens exactement du moment où elle t'a nommé, nous étions debout près d'une fenêtre qui donnait sur le boulevard Raspail, les réverbères venaient d'être allumés. J'ai associé ton nom à leur lumière car elle a dit ce que je rêvais d'entendre !

« Et puisqu'aux hommes on permet tout, mes amis peintres changent de femmes comme de toiles ! » Puis, après un petit rire, « sauf Degas ! ».

Et comme une dame lui demandait de préciser :

« Degas ? a-t-elle répondu, ni épouse ni compagne ni maîtresse affichée, Suzanne Valadon peut-être, mais rien n'est moins sûr. »

C'est alors qu'est venue la deuxième nouvelle, si triste celle-là : tu ne supportes plus la grande lumière, tu seras bientôt sans doute atteint de cécité.

Balayée d'un coup la joie générée par ce que je venais d'entendre.

Brusquement j'ai ressenti pour toi, non plus du désir ou cette envie de te séduire avec l'arrière-pensée un peu mesquine d'une revanche, mais une infinie compassion, une infinie tendresse. Pour la première fois c'était un sentiment pur de tout égoïsme, de toute sensualité, de toute demande. Comme ce qu'on ressent peut-être pour un père, ou un vieil ami, ou un très ancien amant perdu de vue, qu'on a connu beau et vigoureux et qu'on retrouve un jour devenu fragile vieillard. Ce constat du peu que nous sommes. Je t'imaginais, j'imaginais ce supplice pour un peintre, cette amputation de l'essentiel. Je n'arrêtais pas d'y penser. Pendant quelques jours je n'ai pu penser à rien d'autre, obsédée, et quelque chose en moi s'est alors comme décroché de la raison. Sans pouvoir m'en empêcher j'imaginais ce qu'était qu'être aveugle. Parfois, assise à la table, j'essayais de manger les yeux fermés. D'autres fois je me couvrais les yeux de la main et, tâtonnant, me cognant aux meubles, je marchais dans l'appartement. Plus périlleux encore, le bras libre tendu devant moi comme le font les aveugles pour détecter l'obstacle, je descendais les hauts escaliers qui menaient de notre palier à la cour. Trois étages. Au bout de quelques jours, j'en connaissais une à une les marches, le grain du bois de la rampe, certaines aspérités du sol, par exemple, entre le deuxième et le premier étage, de petits enfoncements des carreaux qui chaque fois me faisaient trébucher. Je frôlais le désastre. Dehors, en pleine lumière, j'ouvrais les yeux, éblouie. Parfois obligée de m'adosser à un mur, je clignais des paupières. Attention rue Bonaparte, prendre garde en traversant : des fiacres passaient, je me souviens, me frôlaient, parfois les cochers m'invectivaient, je revenais à moi. J'allais. Longer les quais, remonter le boulevard, traverser la place de la Sorbonne, me diriger vers la rue Malebranche. J'allais. Vers Serge. Le chercher à sa librairie. Besoin de son calme, de son regard sur moi, de sa voix.

Et il était là, au milieu des livres, il était mon mari, nous avions un enfant. Soudain tout m'apparaissait immuable et très simple. J'étais heureuse, rassérénée, tout reprenait place de ce grand désordre. Bras dessus bras dessous nous revenions ensemble à notre appartement, nous revenions chez nous.

Hélas, le lendemain cette bizarre nécessité me reprenait. Un jour, les yeux fermés, j'ai marché sur les quais, le long de la Seine, si près du bord que quelqu'un a crié.

Jamais je ne trichais.

Oui à cette époque j'ai frôlé le désastre. Serge me trouvait pâle, triste, amaigrie, il s'inquiétait. Il avait raison, je perdais l'appétit, mais surtout je perdais la tête. Sept ans, parfois je me disais que ça faisait sept ans, et le temps n'avait pas d'importance, ni quoi que ce soit d'autre. Tu m'habitais comme un démon, un golem, un fantôme, j'étais hantée.

Serge se doutait-il ? Un matin il m'a suggéré de trouver une activité, quelque chose qui me plaise : dessin, peinture, cours de chant ou de piano. « T'occuper de Sophie ne suffit pas, tu t'ennuies, me dit-il, c'est normal, tu as un esprit fécond, riche, à ne rien faire tu t'étioles. » Et puis enfin :

« Et pourquoi aussi, avant cela, n'irais-tu pas quelques jours voir ta mère ? »

Enjamber le marchepied luisant de pluie, se frayer un passage entre les valises et les sacs entassés à l'entrée du wagon. Une semaine chez maman, un bonheur. Nous ne la voyions que lorsque Serge prenait des vacances et elle se refusait toujours à venir à Paris. Je l'entends encore, la dernière fois où nous étions allés à Labenne.

« Que ferais-je là-bas, dans la grande ville ? Je n'en connais pas les usages, je n'en ai ni les vêtements ni les manières. Devant tes beaux-parents et tous vos amis, même si tu le caches bien, tu aurais honte de moi, ma chérie, et j'aurais de la peine. »

J'allais la voir, même si pour cela je devais me priver pour un temps de Sophie. J'allais changer d'air, changer d'idées. J'allais là où j'étais enfant, là où il fait beau, tout près de la mer.

Parfois dans le souvenir et dévastée, parfois au contraire pleine de résolutions, de courageuses et bonnes résolutions. Oui, changer, ne plus penser à cet homme, me séparer d'Edgar Degas. Je me disais tout bas, réjouie et décidée à l'idée de cette campagne, des champs, des bois : « Finis les musées, les salons, les artistes, même si tu insistes, si au détour d'une rue, d'une phrase, d'un jardin, quelque chose me fait penser à toi, je ne t'adresserai plus la parole, Edgar. »

Serge percevait-il mon tourment, l'aliénation dans laquelle j'étais ? Je ne sais pas. Peut-être pensait-il que ne pas parler des souffrances les expulse. Lui, il restait à Paris, il ne pouvait pas fermer sa librairie. De toute façon il n'aimait guère voyager, il se sentait bien au milieu de ses livres, bien mieux qu'à la campagne ou à la mer.

Il veillerait sur Sophie, c'était décidé. Dans la journée, la fille de la concierge s'occuperait de notre enfant. Moi je partais. Mon mari est un homme moderne, me laisse libre en toutes choses et je lui en sais gré. Je suis beaucoup plus libre que la plupart de mes amies. Cela en choque certains, ses parents par exemple. Ainsi, sa mère s'était offusquée de ce qu'une jeune femme « bien » voyage seule. Elle l'avait dit alors que j'étais présente et à quelques pas d'eux. Elle avait regardé Serge au visage, elle avait insisté sur le *b* de « bien ». Elle l'avait prononcé lentement, l'avait fait sonner comme si c'était là dans ce *b* que résidait la connaissance de ce qu'est l'élégance, le respect des convenances et de sa classe sociale. Elle avait même fait allusion avec une moue dédaigneuse à certaines Anglaises, ces folles scandaleuses qui veulent, avait-elle dit, « voter et porter culotte, te rends-tu compte mon fils ? ». Serge s'était tu, il souriait.

Ce *b* de « bien » prononcé si fort, je l'avais ressenti comme une piqûre, un rappel de ce que j'étais : moi, petite « mal élevée », très tôt jetée dans Paris la jungle. Assurément bien loin des convenances, petite voleuse de livres, petite danseuse exposée aux regards des hommes abonnés à l'Opéra. Une friandise à l'étalage. Oui, ce *b* me ramenait à ce temps de ma vie. Évaluée puis approchée et interpellée à mi-voix. Me revenaient les propositions susurrées à l'oreille, pincés la joue, le bras, la cuisse, et pourquoi se priver, soulevé le tutu ! Rire gras qui tâte comme la main, qui humilie tout pareil, et caresse à la dérobée. Ceux qui venaient nous voir aux répétitions, ils se le permettaient, n'est-ce pas, ils pouvaient sans vergogne parce que : une danseuse, un petit rat, juste un petit rat, c'est tout ! À l'expression de ma belle-mère, tout m'était revenu : et aussi les remontrances du maître de ballet, les exercices à la barre, et le porte-monnaie presque vide, piécettes comptées et recomptées avant d'acheter de quoi dîner. Parfois je regardais Sophie dans son sommeil, notre enfant merveilleuse, et je me demandais comment, lorsqu'elle serait grande, je lui dirais mon histoire, comment je lui raconterais mon adolescence, mes quinze ans. Alors j'hésitais. Souvent. Et je me demandais même si je lui raconterais... D'autres fois je me disais que oui, qu'il fallait qu'elle sût, qu'elle devînt assez libre pour accepter cette partie triste de la vie de sa mère et l'agréger sans honte au fil de sa propre histoire. Je ferais d'elle une femme libre !

Quelques jours à Labenne chez maman. J'ai dit à Sophie : « Je reviendrai bien vite. » Si petite encore ma belle et joyeuse enfant, elle allait me manquer ! Je lui ai promis de lui rapporter plein de choses de là-bas, de chez sa grand-mère : des gâteaux aux amandes, des friandises, du miel. Je lui ai dit aussi : « La prochaine fois je t'emmènerai. »

Il pleuvait gare de Montparnasse, enjamber le marchepied, la valise était lourde.

Treize heures de voyage jusqu'à Bordeaux, ensuite un autre train. Ce voyage, je l'avais fait déjà mais c'était avec Serge. Là, je me sentais un peu perdue. Sentiment ambigu fait de joie, de fierté, d'appréhension aussi, je me souriais à moi-même. Je me disais : je voyage, j'ai vingt-quatre ans et je voyage, je suis une femme autonome ! Le compartiment était presque vide, seuls un homme taciturne et en face de lui une femme entre deux âges. Lui, un paysan sans doute, on le voyait à ses mains posées sur ses genoux, je les regardais. On aurait dit des objets oubliés, de pauvres choses encombrantes, comme si, en dehors du travail, il ne savait qu'en faire. Elles étaient épaisses, calleuses, abîmées. « Maman m'attend. »

Derrière les vitres défilait le paysage. Des maisons, des hameaux, des champs, des bois. Pour passer le temps je pensais aux cadeaux pour elle, dans ma valise, il y en avait plusieurs. Je les répertoriais, un corsage, un joli peigne, du parfum, des chocolats et deux trois autres choses. J'imaginais, maman les extrayait un à un des papiers de soie, et : « Ma chérie, il ne faut pas dépenser pour moi ! », et puis son sourire ravi, en démenti de ce qu'elle venait de dire. Là, tandis que le train roulait, je me passais la même scène plusieurs fois d'affilée, ça me plaisait, j'avais du bonheur à l'avance.

Là-bas, elle aussi devait penser à moi. J'en étais certaine, elle avait sorti, lavé les plus beaux draps. Elle préparait le lit dans la chambre que j'occupais avant. Je pensais « avant », il y a un avant et tout de suite on bascule. Des galipettes, des roulades dans l'herbe verte, des rires. Oui, pirouettes et cabrioles, déjà j'étais douée pour la danse. C'était l'enfance, la mer, le bonheur. À deux pas de chez nous l'école des bonnes sœurs aussi où j'aimais aller. J'étais bonne élève : « Tu sais lire et écrire maintenant ma fille je suis fière ! » Oui, maman était fière. Et puis un jour, il y avait eu cette cousine parisienne de passage et qui m'avait trouvée jolie, qui a parlé de l'Opéra où justement étaient recrutées les petites filles jolies. Je me souvenais, nous avions goûté dans le jardin et j'admirais sa robe.

« De Paris ! », avait-elle dit en riant.

Elle avait saisi deux pans de la jupe et, les maintenant écartés de chaque côté d'elle, elle avait tourné sur elle-même. Et puis :

« Et qu'est-ce qu'elle va faire la petite maintenant que l'école est finie ? »

Elle avait dit que c'était un travail, l'Opéra, que c'était rétribué, elle avait dit : « Pas si mal ! », que si ma mère voulait elle pourrait m'héberger. Elle avait eu un geste de la main qui envoyait au loin tous les malheurs qu'on pouvait craindre, et avait ajouté :

« Paris est calme maintenant, la Commune c'est fini, tous ces morts c'est loin, c'est fini, bien fini. Oui, je peux l'héberger ! »

Elle avait dit, elle avait convaincu, et qu'elle n'avait pas d'enfant, et qu'elle le regrettait. « Un métier tout trouvé », répétait-elle et elle tapait à légers coups sur la table avec le manche de sa petite cuillère.

Elle n'était pas méchante, s'était occupée de moi un temps, m'avait installée chez elle avec ce qu'il fallait. Je lui donnais un peu d'argent chaque mois sur ce que je gagnais, si je ne pouvais pas, parce qu'il fallait aussi que je me nourrisse, elle ne disait rien. Là, dans ce train, je revoyais la chambrette, le lit, le crucifix, la haute armoire sombre qui faisait peur la nuit, et la table où avait été réalisé le dessin de la femme Bellelli et des deux fillettes. Edgar Degas, c'est dans cette pièce que vous étiez venu, peu de temps après que j'étais arrivée à Paris. Je me passai la main sur le front. Pour évacuer ce temps-là, ou pour le caresser, je ne sais pas.

Le soleil nappait la campagne d'une lumière blanche, éblouissante. Encore une heure de voyage. La femme en face du paysan s'était endormie, la tête penchée sur le côté, les deux mains croisées sur le ventre.

Petite maison, bout de jardin, pousser la barrière… Là, la sauge, le thym, la menthe, les odeurs attrapent, emplissent, bousculent. Maman était là, à gauche de la maison, près du champ, elle étendait du linge. Et c'était tout à fait comme les images quand je m'endormais dans le train : les draps blancs claquaient avec un bruit sourd et mouillé, et maman les aplanissait, les calmait de la main, par petites tapes comme on flatte un flanc de bête. Blancheur du linge, lumière éclatante du jour, tout était là, comme attendu, voulu.

Et puis, non loin, la mer… bruyante, farouche.

Serge avait dit : « Le grand air, le bon air », moi je pensais mon village, maman. Nous avions tous les deux raison, des forces m'étaient revenues. Les quelques jours avaient passé, vite, dans la douceur. Le dernier matin, mon train partait à onze heures, le maréchal-ferrant me mènerait à la gare. Nous étions là toutes les deux, nous buvions le café en silence puis maman avait proposé : « Allons au jardin. »

Quelques fruits pour le voyage. Elle cueillait. Je la regardais, temps suspendu. Maman. Elle levait la tête, me souriait sans rien dire. Il avait plu cette nuit-là mais déjà les nuages glissaient vers l'ouest, l'air tiédissait. Elle se baissait, ramassait une branche tombée dans l'allée puis se redressait, cueillait quelques tomates.

« Pour ton midi », avait-elle dit.

Les tomates étaient charnues, rouges, brillantes, humides, certaines encore couvertes de rosée. Une à une elle les mettait dans son tablier dont elle relevait deux pans pour qu'il forme corbeille. Dans la lumière du matin un timide soleil s'était posé sur elle, éclairait les cheveux. Éclat des bras nus : j'ai pensé à un tableau. Manet, Caillebotte, Renoir. Ce tableau je l'ai emporté.

# II

## Trente-cinq ans plus tard

Paris. 1914, la guerre. L'hiver fut froid, le pire hiver depuis bien longtemps. En janvier, il fit – 20 °C à Commercy et – 15 °C à Châlons-sur-Marne. On se recroquevillait, on attendait le printemps. On avait du courage, on savait, on savait que les saisons sont fidèles, indifférentes à l'Histoire, et que tout, même la guerre, a une fin.

Le 11 novembre 1918, Paris était en liesse. Comme tous nous avons acclamé, fêté l'armistice. La vie était dure mais elle était là à nouveau, et viendrait le redoux. Chapeaux melons et robes claires, les rues s'animaient, des rires, des appels, les sabots des chevaux claquaient en cadence sur le pavé. Paris : la vie coule comme un fleuve.

Et puis un jour, j'ai vu le tableau. Vous l'aviez nommé *Portrait de famille.* Au début de ce nouveau siècle, il fut nommé *La Famille Bellelli*, ainsi l'identité des personnages représentés était-elle précisée.

Lorsque j'ai lu ce deuxième nom sur la plaquette de bronze accolée à l'œuvre, je me rappelle encore m'être enorgueillie en secret de l'avoir connu avant même qu'il fût donné.

C'était en 1919, la guerre laissait des traces profondes dans l'histoire de millions de familles, la France soignait ses blessures. C'était aussi à peine plus d'un an après votre mort, Edgar Degas. Vous étiez mort le 27 septembre 1917, à quatre-vingt-trois ans, pauvre et presque aveugle. Lorsque je l'ai appris, mon cœur s'est serré et voici qu'à nouveau je m'adresse à vous malgré la promesse que je m'étais faite.

Le temps a passé, je suis maintenant une presque vieille femme. Sophie a trente-huit ans, avant de se marier elle a fait des études supérieures, elle est enseignante. En toutes occasions elle s'avère forte, décidée, indépendante, telle que je la désirais, telle que j'aurais voulu être. Sa tristesse secrète, je crois, est de n'avoir pu avoir d'enfant. « C'est ainsi » dit-elle, Sophie n'est jamais dans la plainte. Ces quatre années de guerre ont été très dures, moins cruelles pour nous cependant que pour d'autres car nous n'avions pas de fils au front. Serge, trop âgé pour être mobilisé, a tenu tant bien que mal sa librairie. Il continue à s'y rendre chaque jour, et cela avec bonheur. Ses livres sont ses meubles, sa nourriture, sa vie. Moi, je m'occupe de la maison, je lis beaucoup et je travaille dans une association de soutien aux veuves de guerre. Qu'est devenu le souvenir des « jours Degas », et le dessin que vous fîtes un après-midi lointain dans une chambre où je logeais ? Nul ne sait, et jusqu'à ce jour je n'y pensais plus.

En 1918, l'année suivant votre mort, il y eut une vente de tout votre atelier. On y découvre quelque cent cinquante sculptures dont *La Petite Danseuse de quatorze ans*. Vous l'aviez gardée chez vous, cachée, avec amour je pense, depuis les affronts qu'elle avait subis. Elle était à vos yeux une œuvre majeure, très vite sera reconnue comme telle et, en 1927, le fondeur Adrien-Aurélien Hébrard en fera une copie en fonte. Il y a dans votre atelier de nombreuses autres petites danseuses dans le même esprit que celle-ci, comme si l'obsession vous en avait poursuivi. Il y a bien sûr aussi des tableaux, et parmi ces tableaux : *La Famille Bellelli*. Tout d'abord, c'est le musée du Luxembourg qui l'acquiert. En 1929, ce sera le Louvre, et c'est là, plus tard encore, dans ce vaste musée, que je verrai notre tableau pour la dernière fois. Je dis « notre ». Je m'y traînerai pour le voir, malade et proche de ma fin, avec ce sentiment qu'il m'appartient un peu.

Mais ce 15 septembre 1919 donc, un an après la vente de vos œuvres, je suis encore en pleine santé, radieuse et élégante malgré mes soixante ans. Nous voici Serge et moi aux portes du jardin, aux portes de ce musée, j'ignore encore à cet instant que ce jour s'inscrira à jamais en moi.

« Le musée vient d'accueillir de nouvelles œuvres nous a-t-on dit, magnifiques, des toiles impressionnistes à ne pas manquer ! » C'est un dimanche, Serge ne travaille pas. Il fait beau, nous sommes venus à pied depuis notre appartement de la rue Jacob.

Péniches sur la Seine, ciel bleu et robes à fleurs, promeneurs appuyés au parapet et qui contemplent l'eau, nous croisons des amoureux enlacés, enclos dans leur bonheur, des familles en promenade, un vieil homme solitaire qui marche canne à la main : le monde est là et le soleil est sur Paris. Place Saint-Michel, un joueur d'orgue de barbarie tourne sa manivelle, je me souviens que je lui donne trois sous, que je me sens heureuse, privilégiée, que je suis sereine. Nous avons rendez-vous devant le musée avec des amis, ils y sont déjà. Nous entrons tous ensemble, nous bavardons, réjouis par ce rendez-vous et à l'idée de ces peintures que nous allons voir.

J'ignorais qu'il se trouvait dans ce musée. Il m'apparaît soudainement, au détour d'une salle. Sa vue me pétrifie. Il est exposé au centre d'un mur, avec les toiles de plusieurs autres impressionnistes. Grand. Je le savais d'un grand format, vous me l'aviez dit. Plus grand que toutes les œuvres à ses côtés, sa grandeur accroît l'impression qu'il donne, ses dimensions m'assaillent. Le découvrir dans ce lieu, tandis que je suis avec Serge et ces quelques amis... Oui, pétrifiée, Méduse en personne darde ses cheveux de serpents sur moi. Tout d'abord je ne sais de quoi cette peur est faite, énorme, immense. Puis elle se précise : perdues d'un coup ma liberté triomphante, mon assurance, le tableau avale toutes les années, je suis de nouveau le petit rat de l'Opéra, l'infréquentable gamine, la graine de prostituée, j'usurpe une place qui ne m'appartient pas, débusquée, démasquée, j'en suis sûre tout à coup la foule des visiteurs présents va me montrer du doigt. C'est un déferlement, une frayeur incontrôlable. Je ferme les yeux un instant puis, sans plus rien regarder, je fuis. Tout de suite. Je ne sais comment je sors du musée tant mes jambes sont tremblantes. À peine ai-je conscience que Serge me suit. Je dis : « La chaleur sans doute. » Nous nous asseyons à l'ombre des arbres, là où vous me faisiez m'asseoir pour faire un croquis. Je me souviens maintenant que Serge m'évente le visage avec le petit dépliant distribué aux visiteurs à l'entrée du musée. Nous restons longtemps ainsi, lui et moi, sans parler. Au bout d'un moment les amis sortent à leur tour du musée et nous rejoignent. Je dis de nouveau : « La chaleur. Ce n'est rien. »

Cette première fois où j'avais vu le tableau, je n'avais pas remarqué la différence. Dans l'émotion de me trouver soudainement devant lui je l'avais reconnu, c'est tout. Je l'avais fui, tout de suite, incapable de regarder, ni lui ni rien alentour. Pourtant m'était restée une impression d'étrangeté non identifiable : je ne savais pas quoi mais quelque chose « clochait ». Le lendemain je suis retournée au musée.

À cette deuxième visite, j'ai compris :

En plus de la femme et des deux fillettes représentées, et que je reconnaissais tout à fait, il y avait un quatrième personnage qui, lui, ne figurait pas sur mon dessin : un homme.

Était-ce un autre tableau ? J'ai vérifié sur la plaque de cuivre où était inscrit le titre de l'œuvre, c'était bien le même *Tableau de famille* renommé récemment *La Famille Bellelli*, le même que vous aviez reproduit au crayon dans ma chambre ce jour maintenant lointain... Je m'en souvenais parfaitement, sur la grande feuille que j'avais extraite du carton à dessin de ma cousine, et sur laquelle vous aviez dessiné, il y avait une femme et deux fillettes : trois personnages, c'est tout. Je restais devant le tableau, interdite, émue, étrangement inquiète.

Les jours suivants, je suis retournée au musée. Sans doute avais-je les mêmes vêtements, le même chapeau, j'ai eu l'impression que le guichetier de l'entrée me reconnaissait. Il m'a souri, m'a saluée avec un petit air que j'ai trouvé sibyllin et j'ai pensé je ne sais quoi, que peut-être malgré mon âge il imaginait un homme qui m'attendrait à l'intérieur, un rendez-vous secret, des amours adultères. J'en ai été gênée. D'autant plus sans doute que, d'une certaine façon, c'était la vérité, à la différence qu'à l'intérieur il n'y avait pas d'homme mais un tableau.

J'allais directement dans la salle où il était exposé. Chaque fois c'était un peu vertigineux, je l'examinais sans savoir ce que j'y cherchais, ce que j'y entendais pourrais-je dire, à part ce questionnement qu'il provoquait en moi. Je restais campée devant, songeuse : qui était cet homme ? Le baron Bellelli, c'était sûr, *Portrait de famille* était le premier nom du tableau, mais alors pourquoi n'apparaissait-il pas sur le dessin que vous m'aviez laissé ? Étrangement, cela me bouleversait. Je réfléchissais, j'essayais de trouver des raisons à cette différence, j'ai pensé, à cette absence.

Bien sûr, très vite, la question s'est imposée, et l'envie irrépressible de retrouver ce dessin. Où était-il ? Qu'était-il devenu ? Il me fallait le toucher, le voir, constater la différence. C'était pour moi tout à coup une urgence. Ai-je pensé un instant à la valeur qu'il devait avoir maintenant ? Je ne crois pas, ne m'importait que cette dissemblance, et comprendre.

Le jour de ma troisième visite, ce fut comme une injonction. Je suis rentrée chez moi, j'ai commencé à chercher. Cette grande feuille de papier, je me souvenais l'avoir roulée puis enveloppée de tissu. J'ai fouillé la haute armoire de la chambre, les placards, les cagibis, regardé au dos des buffets où elle aurait pu se glisser, dans le grenier, à la cave et jusque dans l'appentis où nous rangions conserves et vins. Elle n'était nulle part.

Je tentais en vain de me souvenir : lorsque je logeais chez ma cousine. Quand exactement avions-nous vidé l'armoire qui se trouvait dans ma chambre ? Où avions-nous mis ce qu'elle contenait ? Dispersé, donné, jeté, rangé ailleurs... Ma mémoire me faisait défaut. À l'époque de mon mariage, lorsque j'avais quitté ma chambrette et que nous avions emménagé ensemble Serge et moi, je m'interdisais de penser à Degas. Ni à lui ni donc à son dessin. Y penser m'eût semblé déloyal. J'étais honnête, heureuse, je balayais mon passé, Serge ne savait rien de cet amour et moi je voulais l'oublier : une nouvelle vie commençait ! Plus tard encore, nous avions changé d'appartement, déménagé de nouveau, nous déposions chez mes beaux-parents à Chatou ce qui encombrait notre premier et encore petit logement. Ils avaient leurs bonnes œuvres, donnaient beaucoup à la paroisse pour les ventes de charité. Qu'était-il advenu de ce dessin ? Je ne voulais leur poser aucune question, ni à eux ni à Serge, je m'affolais, à nouveau je me sentais désemparée.

Bien que la guerre nous eût éloignés de la plupart de nos amis, Serge et moi, nous voyions encore quelques-uns de ceux que nous fréquentions avant. Pour nous, « avant » désignait ce temps d'avant-guerre, mais aussi le temps, plus lointain encore, où nous sortions avec James Tissot : c'était notre jeunesse.

Hélas, James Tissot était mort, en 1902. Au fil des ans, notre amitié s'était renforcée et sa mort nous avait beaucoup affectés. James était un homme délicat, intelligent, étonnant aussi parfois. Après une révélation religieuse qui avait surpris tout le monde, il avait voyagé à Jérusalem et en Palestine. À son retour, il s'était consacré à des représentations bibliques et à des écrits qui avaient eu un succès considérable, puis il s'était retiré dans son château de Buillon, dans le Doubs. Il ne voyait plus grand monde. Peu de temps avant sa mort, il avait invité quelques amis et nous étions allés le voir à Chenecey-Buillon. Nous avions passé là deux ou trois jours avec lui, des moments précieux. C'était en juillet, il voulait fêter l'été avec, disait-il, ses « vrais amis » et il ajoutait : « Malheureusement Manet est mort. » Je me souviens du dîner de fête, bien loin de la mondanité des soirées parisiennes. Il avait fait dresser la table dans le parc, à même la pelouse. À piétiner autour pour voir çà et là une fleurette, nous avions tous eu nos souliers crottés. Nous en avions ri. Sur une desserte étaient posés des vins, des friandises et des fruits du verger, des lampes seraient allumées à la nuit tombante. Le repas fut excellent, tout était simple et bucolique. Une dizaine d'invités, pas plus. Parmi eux une jeune Anglaise, grande, mince et qui portait une sorte de casaque étrange, était la seule personne que nous ne connaissions pas. D'emblée, elle m'avait impressionnée.

« Cicely Hamilton, actrice et journaliste, actuellement de passage en France », nous avait dit James.

Il y avait eu des « *Hello, welcome Cicely !* » et quelqu'un avait applaudi.

« J'ai connu Cicely quand je vivais à Londres, a expliqué James, ses parents et moi étions amis. À l'époque, c'était une toute petite fille, elle avait cinq ou six ans, [il avait ri] comme vous voyez elle a grandi ! »

Et se tournant vers elle :

« Tu t'essaieras aussi aux romans, n'est-ce pas, Cicely ? Je suis sûr que tu en as déjà un ou deux dans tes tiroirs ! »

Parfaite maîtrise du français et surtout très forte personnalité, tant dans son habillement que dans ses poses, Cicely semblait résolument moderne. « Suffragette » m'avait glissé James avec un petit sourire résigné. Il semblait ne pas apprécier l'évolution féministe de son amie. En effet, très vite, elle avait parlé de la nécessité du droit de vote pour les femmes et de son engagement pour cette cause. Elle avait évoqué aussi la difficulté qu'elle avait eue à s'imposer comme journaliste.

« Les hommes n'ont que du mépris pour les femmes de lettres. “Bas-bleus”, c'est l'expression ironique dont ils nous affublent et par laquelle ils nous désignent. »

« Bas-bleus » ? Je n'osais pas poser la question. Je regardais Cicely, elle s'était assise en bout de table, ses yeux brillaient, elle semblait énergique et farouche, à cet instant je l'avais trouvée très belle.

« Pour les hommes, avait-elle précisé, je ne suis qu'un "bas-bleu", c'est-à-dire pédante et ridicule. C'est la raison pour laquelle plusieurs femmes ont écrit sous un pseudonyme masculin : chez nous par exemple Mary Ann Evans, sous le nom de George Eliot. Elle a écrit de nombreux romans dans les années 1860 à 1875, elle est morte il y a une trentaine d'années. »

Cicely s'était arrêtée, sourire aux lèvres, une part de gâteau à la main, elle nous dévisageait, puis :

« Mais vous-mêmes, en France, vous avez une George écrivain, *La Petite Fadette*, *La Mare au diable*, n'est-ce pas ? »

George Sand, bien sûr je l'avais lue et je l'aimais, mais jusqu'alors je ne connaissais pas l'expression « bas-bleu », en tous cas pas sa signification précise. Je n'avais non plus jamais rien lu de George Eliot, ni d'ailleurs entendu parler d'elle. Tout à coup, je m'étais sentie aussi ignorante qu'à mes quinze ans lorsque j'étais devant vous, Edgar. Je regardais Cicely, elle évoluait dans un monde vers lequel, peut-être, j'aurais dû depuis longtemps regarder : le monde des femmes, de leur condition. J'avais soudain pensé à toutes ces petites filles maltraitées à l'Opéra, oui, depuis longtemps j'aurais dû m'en soucier. Je m'étais souvenue aussi des mots horrifiés de ma belle-mère, de sa voix aigrelette et maniérée : « Ces Anglaises, folles et scandaleuses, qui veulent voter et porter culotte, te rends-tu compte, mon fils ? » J'avais revu le sourire de Serge, je m'étais souvenue de son silence gêné, m'étais souvenue surtout combien j'aurais aimé à ce moment qu'il rétorquât.

« Assurément il fallait que ça change ! » Cicely le disait en scandant son propos par de petites tapes d'un doigt sur la table. Sourire guerrier, puis elle avait éclaté d'un grand rire.

« Et vive les femmes de lettres ! Et vive toutes les femmes ! » avait-elle dit en levant son verre. J'avais eu l'impression qu'un instant son regard s'attardait sur moi.

Je l'avais applaudie, sa jeunesse, sa vigueur...

Plus tard, parfois il m'est arrivé de rêver que nous nous revoyions, une rencontre fortuite dans Paris, dans un square ou un jardin, au détour d'une rue, peu importait l'endroit. Je me remémorais, oui, son vêtement, ses cheveux châtains, son regard fier, son audace. Et à ce souvenir j'éprouvais pour elle un émoi étrange, proche de l'état amoureux, elle m'avait séduite.

Les autres invités, nous les connaissions tous. Il y avait deux peintres, Albert Lebourg, accompagné d'une jolie femme, son modèle du moment, et Armand Guillaumin avec Marie-Joséphine Gareton qu'il épousera peu après. Il y avait aussi un poète, et une autre amie de James que nous aimions bien. Oui ce fut une jolie fête. Cicely avait parlé d'abondance, avait été écoutée, parfois contestée, puis éclipsée à la fin du repas par le chanteur Émile Bertin. Émile était un ténor assez réputé, grand ami de James. Tout comme il le faisait à Paris à la fin des repas, il avait chanté un air du Duc dans *Rigoletto* et un air de *La Traviata*. Après ce bref récital privé, tout le monde s'était mis à parler de musique, de Verdi, de Puccini, de Rossini et de Bellini. On s'était extasiés : « Ah ces Italiens ! » Puis était venu le nom de cet autre merveilleux ténor, Enrico Caruso, dont Bertin, je le savais, était très jaloux. Les échanges s'enflammaient à tel point que la soirée avait failli mal tourner. Moi, j'avais entendu

Enrico Caruso, il m'avait éblouie, mais je ne sais pourquoi ce soir-là le mot « opéra » m'avait évoqué le lieu plus que la musique, tout à coup j'avais revu les salles, les exercices à la barre, le terrifiant maître de ballet Mérante et les hommes qui venaient après les répétitions. Je m'étais souvenue de la souffrance et ce souvenir m'avait accablée. C'était une chape, un corset de plomb ; tout le reste de la soirée j'avais été oppressée. Était-ce prémonitoire ? C'était en juillet, James était mort en août.

J'ai revu Cicely Hamilton, l'année suivante ; on dit joliment « une amitié particulière ». Dans un autre temps de ma vie ça aurait pu le devenir… dans ma jeunesse. Mais là ce ne fut qu'une grande émotion, l'espace d'un jour, seulement l'espace d'un jour, et j'ai pensé à l'après-midi passé près de vous, Edgar, comme si pour moi le temps de l'amour se limitait obstinément à un jour, aussi lumineux soit-il. Cicely et moi ne nous sommes pas revues. Je crois qu'elle m'aimait bien, mais je vivais à Paris, j'étais mariée, et, pour Cicely, l'Angleterre était son pays, son champ de bataille.

Tout cela avait eu lieu bien avant ma rencontre avec votre tableau dans le musée du Luxembourg. J'ai décrit cette soirée à Chenecey-Buillon pour évoquer James Tissot, dire l'affection que nous lui portions, et garder quelques traces de cette dernière soirée que nous avions passée avec lui. Pour dire aussi que James Tissot mort, je n'avais plus de possibilités, ou peu, de comprendre ce qui s'était passé lors de la création de votre tableau ; ni plus généralement d'informations sur vous, Edgar Degas, et sur votre peinture.

Cependant, il y avait un autre ami de ce temps d'avant la guerre que nous continuions à fréquenter : Alfonse Dumont. Alfonse était peintre lui aussi. Depuis quarante ans il sillonnait les salons et les milieux artistiques avec l'inaltérable espoir que son talent serait un jour reconnu. C'était un petit homme chauve et peu séduisant. À défaut de leur plaire, il attendrissait les femmes, sans doute par la conscience qu'il avait de sa laideur, et l'humour avec lequel il l'évoquait. Mais surtout il avait une grande érudition. Moi, je lui trouvais une qualité précieuse : il avait été de vos amis, Edgar Degas. Sans révéler la raison de ma curiosité, je l'ai questionné sur le tableau des Bellelli. Il connaissait bien cette toile : « Une des œuvres de jeunesse, et aussi l'une des plus importantes. Degas y a travaillé très longtemps et l'aimait particulièrement. »

L'homme assis dans le fauteuil était bien le baron Bellelli. Á l'époque où avait été peint le tableau, la baronne venait de perdre son père, Hilaire Bellelli : « Regardez bien, on voit le portrait de cet homme, une sanguine, sur le mur derrière elle », m'a dit Alfonse.

Munie de ces informations, encore une fois je suis retournée au musée. Le baron Bellelli était là, dans un fauteuil, face à son épouse. Elle, je la reconnaissais parfaitement. Avant de ranger le dessin dans l'armoire, je l'avais regardée si longtemps ! Sur le tableau, donc en couleurs, elle m'évoquait certains portraits sévères de Van Dyck. Tout de noir vêtue, elle se tenait debout, droite et raide, avec sur le visage un air de gravité comme il sied à une femme en deuil et de noble famille. Il y avait les deux fillettes, dont James m'avait dit qu'elles se nommaient Giula et Giovanna. Elles aussi je les reconnaissais bien et elles aussi étaient exactement placées comme vous les aviez dessinées chez moi. L'une debout l'air très sage près de sa mère, l'autre assise, une jambe pliée sous elle, plus jeune, plus délurée semblait-il. Il y avait même, tout en bas à droite, dans l'angle de la toile, l'arrière-train d'un chien dont vous aviez esquissé la forme sur le dessin que vous m'aviez laissé. C'était bizarre, cette moitié de chien, vous me l'aviez montré du doigt en riant et vous aviez dit : « Le chien, il faisait à demi partie de la famille ! » Oui, je voyais, je regardais, j'étudiais chaque détail comme si la réponse à ma question se cachait là, dans le pli d'une étoffe, le reflet d'une lumière ou la position d'une main. Pourquoi sur le dessin que vous m'aviez fait manquait-il le patriarche alors que tout le reste était si fidèle au tableau ? Je me perdais en conjectures, j'échafaudais divers scénarios. Cet homme, sans doute l'aviez-vous fait poser plus tard, après notre rencontre, puis ajouté à la scène originale. Difficile entreprise mais oui, sans doute aviez-vous pensé, une fois l'œuvre achevée représentant l'épouse et ses deux filles, qu'il y fallait le chef de famille ? Et puis non, impossible, en 1873, année de notre rencontre, le tableau était terminé depuis longtemps, la date mentionnée sur la plaque indiquait 1867 !

Insoluble mystère, je ne comprenais pas mais de ce mystère émanait une joie, il y avait là soudain de vous quelque chose de nouveau, de précieux entre vous et moi. S'ouvrait une voie à sonder, et bien que je me sois assagie, éloignée de votre emprise, « reprise » au sens propre du mot, j'ai été tentée de rêver de nouveau. De nouveau vous étiez là : je voulais savoir.

Après la visite, j'ai marché dans le jardin. Tout ce vert était apaisant, les arbres séculaires me semblaient protecteurs. Sous la canopée veillaient les statues. On entendait, menus, des pépiements d'oiseaux. Comme autrefois, des enfants jouaient autour du bassin, des mères ou des nurses se tenaient non loin d'eux, assises. Elles bavardaient entre elles ou les observaient. Ils faisaient voguer des petits bateaux, les dirigeaient avec un bâton. Certains poussaient des cerceaux, les faisaient rouler ; ils couraient, s'interpelaient, riaient. Bien qu'il fît frais, la journée était belle, le soleil tombait sur eux, les enrobait d'une poussière lumineuse. Exactement comme autrefois, ai-je pensé, et je me suis souvenue de cet après-midi lointain où nous étions dans ce jardin tous les deux, vous et moi. Vous étiez mort et cependant tout continuait, là, identique. J'en étais surprise, comme si votre disparition devait entraîner celle de toutes choses que nous aurions connues ensemble, j'allais dire, qui nous auraient connus. Oui, j'avais l'impression que les choses autour de moi me reconnaissaient.

Pas surprenant que cette différence ne me soit pas apparue tout de suite, le personnage figurant cet homme était, on pourrait dire, « effacé » ! C'est ce que j'ai pensé à ma quatrième visite.

Le baron Bellelli ! Vous qui étiez si fier de votre oncle et de son titre, le peu d'importance que vous lui accordiez sur la toile m'a étonnée. Mais vous étiez fait de contradictions, Edgar, c'était là votre fragilité, votre charme aussi. Malgré mon très jeune âge, mon peu d'expérience des hommes, et surtout le peu de temps que je vous avais connu, je l'avais compris, c'est même ce qui m'avait séduit en vous. Ainsi, vous étiez fier d'être le neveu d'un baron, « ma famille italienne », disiez-vous, elle vous aimait et vous recevait à Florence autant que vous le souhaitiez. Pourtant, Edgar, je l'avais appris, *De Gas* était aussi votre nom, avec sa particule, sa marque de noblesse. Votre grand-père paternel, ayant échappé de peu à la guillotine pendant la Révolution, avait quitté la France pour le royaume de Naples. Il avait alors séparé en deux votre patronyme pour anoblir votre nom. À Naples, il avait épousé une riche héritière et fondé une banque. Il avait fait fortune. De Gas, tel donc était votre nom. Votre frère René l'avait gardé, or vous, vous l'aviez rejeté. Effet de votre loyauté ? Petite vengeance familiale ? Ou bien façon de vous distinguer ? Vous, faisant fi de la particule, vous aviez repris le nom d'origine de votre famille. Plus de particule, plus de marque de noblesse... Edgar Degas peintre, Edgar Degas encore méconnu, Edgar Degas, l'un de ces impressionnistes décriés, hués par certains.

Alors ce baron, qu'en était-il ? En fait, son importance vient du peu de présence qu'il a sur la toile, de la façon dont vous l'avez on pourrait dire « effacé » de la scène. Plus j'observais le tableau, plus je le trouvais mystérieux. Tandis que votre tante, droite et solennelle, dans une froideur extrême semble régner sur le monde, et que les deux fillettes, aux tabliers si blancs qu'ils condensent la lumière, resplendissent chacune à sa façon, l'oncle, lui, disparaît presque, de dos, assis de guingois, sur le côté. Oui, « homme effacé ». Dans son fauteuil, le dos détaché du dossier semble un mouvement ébauché pour se tourner vers elles. Elles, sa femme et ses filles. J'ai pensé à de la souffrance. Un instant, un court moment les regarde-t-il ? En fait, presque on l'espère, c'est l'impression que pourrait donner sa position, quelque chose de furtif, le regard posé peut-être, sans qu'on puisse l'affirmer et avec on ne sait quelles pensées. Un instant d'éternité et pourtant comme s'il allait disparaître. Un fantôme ? Dans ce musée du Luxembourg, j'étais happée par ce personnage qu'à force de regarder je découvrais, j'aimais.

Je me suis informée, j'ai cherché, j'ai appris. J'ai appris qu'en réalité, à cette époque, votre oncle était en exil à Florence, condamné à mort pour raisons politiques. Il y est demeuré jusqu'à l'unification italienne. Tout d'abord, j'ai pensé qu'il y était seul, séparé de sa famille, que son épouse et ses filles étaient restées à Naples. J'ai pensé cela. Et puis il m'est apparu que la bienséance voulait qu'elles l'y aient rejoint. Oui, bien sûr, elles l'y avaient rejoint. Par bienséance, non par amour, car d'amour il n'y avait pas entre Generro

Bellelli et sa femme. Cela aussi je l'ai appris. Laura avait épousé le baron Bellelli sur ordre de son père. Dans cette première moitié du dix-neuvième siècle, la voix du père faisait loi, et précédemment, pour convenances familiales, Laura s'était vu refuser un mariage d'amour. On imagine alors sa souffrance, celle aussi d'être exilée à Florence avec ce mari qui depuis des années lui était imposé. Querelles et mésentente, personne dans cette famille ne devait être heureux, et la solitude de chacun est ici palpable. Solitude : dans ce tableau, aucun des quatre personnages ne regarde l'un des trois autres, ou plus précisément, aucun regard n'est adressé, sauf celui peut-être de l'aînée qui, elle, regarde droit devant, c'est-à-dire à l'extérieur du tableau vers le peintre, ou bien vers nous, et dans les deux cas, comme pour prendre à témoin.

Le baron, celui qui fait énigme, lui, est représenté en retrait. Même si Gennaro vivait avec sa famille, sans doute était-ce dans une distance, secrète ou éclatante, mais dans une distance.

Je me suis informée, j'ai cherché. Mon principal intérêt depuis ma visite au musée était de glaner des informations. Je questionnais de nouveau Alfonse, puis l'un de ses amis qui lui aussi avait côtoyé un temps le groupe des impressionnistes. Je voulais renouer avec ceux qui vous avaient connu. Je le voulais, je le voulais tellement. J'ai organisé un ou deux dîners. Serge m'y a encouragée, la guerre était finie, il fallait reprendre vie et nous n'avions que trop tardé. Où et quand ce tableau avait-il été réalisé ? Là encore on m'a donné réponse : vous en aviez eu l'idée en 1858 après un voyage en Italie, vous avez fait quelques croquis des personnages. Vous retourniez à Florence pour le mettre en œuvre. Vous travailliez en passant par ce que vous avait enseigné Lamothe, élève du grand Ingres que vous admiriez. Pour le portrait de Laura Bellelli, la plus belle de vos tantes, celle que vous préfériez, vous vous êtes inspiré de celui qu'avait fait Van Dyck de Paolina Adorno, « droite et légère comme un oiseau ». Et c'est vrai qu'elle était belle, de nouveau j'étais jalouse de cette femme. Vous dessiniez, vous dessiniez, je vous imaginais penché sur la feuille, et cette feuille soudain c'était un corps. Son corps. Vous, tendu, attentif appliqué, tout comme vous l'aviez été ce jour lointain dans ma chambre du boulevard d'Italie. Oui, je vous revoyais, Edgar, vous vous étiez d'abord penché au-dessus de la table, là où était la feuille sur laquelle vous dessiniez, et puis un peu plus tard penché sur moi. Je vous revoyais et mon cœur se serrait. Je pensais que sans doute c'était cela les grands peintres, ils vont de la toile au corps et puis s'en vont.

Pour ce tableau qui naissait en vous, sans doute le travail était-il aussi, et chaque fois, tout comme on donne naissance à un enfant, plus poussé que le précédent. L'esquisse se précisait, les détails émergeaient, les personnages prenaient corps. Croquis de Laura et de ses filles, Giula et Giovanna, mais aussi croquis du baron, je les ai vus car ils furent exposés. Je vous imagine, vous dessinez : naissaient Gennaro Bellelli de dos dans un fauteuil, puis Gennaro de profil, avec des annotations sur la couleur, « bois de noyer » de la chevelure et « rougeâtre » de la barbe. Vous avez commencé à travailler à ce tableau dans votre atelier parisien, rue Madame, vous l'avez terminé en 1867. De nouveau je me pose la question : lors de ces croquis que vous faisiez, étaient-ils là ensemble ces quatre que vous avez représentés ?

Ces quatre, que, pour la bienséance et la postérité, il fallait représenter *ensemble.* Il est vraisemblable que non. Votre oncle était ailleurs, bien peu souvent chez lui, c'est ce que je veux croire. Oui, je veux croire cela, et que vous l'avez peint uniquement de mémoire, d'après seulement quelques croquis, « de loin » pourrait-on dire. Ce fait expliquerait le peu de précision du portrait, si différent dans sa facture du portrait des trois personnages féminins. Une autre cause possible à cette imprécision serait une mésestime, un sentiment d'hostilité que vous auriez eu pour Genarro ?... Peut-être, mais, ce dont je suis sûre, oui, c'était de loin.

Au contraire, très certainement votre tante préférée et vos cousines ont posé lors des séjours que vous faisiez chez elles. Là encore je vous imagine, elles trois se tenant dans la pose, sérieuses et immobiles, sauf la plus jeune qui toujours était impatiente. Vous, devant elles, avec à la fois ce bonheur et cette souffrance qu'ont les artistes dans la création. Vous dessinez ou vous peignez, vous êtes silencieux, vous regardez Laura. Vous la regardez, non pas comme un peintre regarde un modèle, non, vous la regardez comme jamais vous n'avez regardé, plus fort, plus intensément. Et soudain dans la pièce à vos yeux il n'y a plus qu'elle. Elle et vous ensemble dans cette pièce, vous le pensez, vous y pensez. Elle, Laura, y pense-t-elle aussi ? Ce regard dur et porté loin, est-ce pour se défendre qu'elle le porte si loin ou pour y rêver plus à son aise ? Il y a de part et d'autre de l'émotion, j'en suis sûre, et alors me revient l'évocation de votre corps, Edgar, penché sur le dessin. Vous deviez l'avoir fort, ce désir de toucher Laura, de détendre ses traits, de courber sa nuque, de vaincre la raideur de ce corps défendu. Y mettre de la joie. J'imagine des émois, en l'un et l'autre des troubles, des secrets tus qui affleurent aux visages, de fugitifs tressaillements, et bien que Laura soit représentée aussi pâle qu'une morte, je sais qu'en de brefs moments du sang a rosi ses joues. Il y a de grands silences, plus tard peut-être à mi-mots des confidences, mais là, dans ce temps précis où elle pose pour vous, de l'enfoui se montre et submerge.

# III

Je fus cette petite danseuse, je m'appelle Adèle, et toute ma vie je vous ai aimé. Maman est morte le 20 mai 1924. Peine immense. Comme je me l'étais promis, nous avons gardé la maison landaise. Aux beaux jours, Serge et moi nous y allons, le village est là, fidèle, son église, sa fontaine, et à deux pas les forêts de pins, l'océan. Nous y passons l'été et même parfois une partie de l'automne. Sophie et son mari nous y rejoignent au mois d'août. Nouveauté, audace, liberté, on commence à parler avec intérêt des bains de mer qui pour les nantis font fureur sur les plages normandes. Sophie était tentée et elle a été une des premières à Labenne à se tremper entièrement. Costume confectionné pour cette occasion chez une couturière de Biarritz, trois séances d'essayage, nous nous sommes bien amusés.

Voyez, Edgar, comme je suis : je ris, je me promène, je goûte ce qui s'offre à moi. Pourtant c'est comme si toujours il y avait deux scènes : je passe d'une scène à l'autre et sans cesse m'appelle celle où vous demeurez.

Alors je vous parle de ma vie ici. Les bains de mer, le cinéma, une plus grande liberté : tout ce présent, je m'y accroche. Oui les esprits changent, se modernisent, cela va de pair avec moins de pauvreté, plus de confort, il est bon que le monde progresse. Cependant, et bien que le village soit resté très à l'abri des modes et des vanités de la ville, je ne peux m'empêcher de penser que ce qui a décoré mon enfance, les coutumes, les savoirs, les fêtes, tout cela va se perdre. Alors, des souvenirs affluent de divers moments de ma jeunesse, des sourires souvent, parfois une larme.

Larmes et sourires, la vie est là, elle nous pousse, nous porte, nous anime, tant dans ses grandeurs que dans ses futilités. Nous allons. Le modernisme : Serge rêve d'acheter une voiture, la Citroën 8cv surnommée la « petite Rosalie », le plus petit modèle de la série. Mais hélas, les temps nous sont moins favorables qu'avant la guerre, même pour le plus petit modèle il nous faudra attendre et nous prenons le train.

Non loin de Labenne, à quelque vingt-cinq kilomètres, une intense activité s'est développée. Biarritz devient un haut lieu de ce que d'aucuns nomment les « années folles ». La ville était déjà célèbre pour avoir séduit Napoléon III et son épouse, et une sorte de palais, la Villa Eugénie, y avait été édifiée au siècle dernier. En 1922, un prestigieux bal Second Empire, que présidaient le roi Alphonse III et le Shah de Perse, a fait de cette villa un lieu légendaire. Maman était encore de ce monde, elle en avait entendu parler. Cela la faisait rêver. Je me souviens, elle nous avait incités à y aller : « Vous qui êtes élégants et présentables en tous lieux, promenez-vous, voyez ce monde cosmopolite et huppé ! » Nous n'en avions rien fait. Y seriez-vous allé ?

Depuis que maman est morte, nous restons moins au village, nous sillonnons les alentours, nous visitons. Le pays est magnifique. Bien des fois je dois l'avouer, Edgar Degas, j'ai pensé à vous, devant certains lieux, certains paysages. Face à un premier amour le temps n'est rien, je me prenais à rêver comme si vous étiez vivant encore : vous montrer, vous faire partager l'émotion, vous faire connaître aussi ce qu'a été mon enfance... Vous ne me quittez pas.

Un jour, au village, je me souviens, j'étais assise au jardin, c'était la fin de l'après-midi, il faisait doux encore. Le ciel était d'un bleu obstiné, presque lourd, des mésanges allaient venaient d'un arbre à l'autre, s'appelaient, chantaient. Moi, je me rappelais, et à me rappeler soudain je vous ai vu. Je vous ai vu. Comme si vous étiez là, à quelques mètres. Temps suspendu. Vous étiez assis contre le tronc d'un arbre, un genou plié que vous entouriez de vos bras vous regardiez vers moi. Vous souriiez. Ça a duré plusieurs secondes il me semble. C'était si réaliste, si précis, que j'ai cru soudain être devenue folle. J'ai eu peur. J'ai senti la sueur couler dans mon dos. Mon regard s'est tourné vers la maison, vers le lilas près de la grille, vers le puits où j'avais le matin oublié mon seau, vers ce qui pouvait me remettre dans la réalité des choses, le familier, le simple, le vrai.

Une petite brise s'était levée, le lilas doucement balançait ses grappes de fleurs mauves, le seau était là, sur la margelle du puits, je distinguais la porte que j'avais laissée entrouverte, le vélo posé contre la grille, tout était à sa place. Rassérénée, j'ai regardé de nouveau vers l'arbre. À l'endroit où vous étiez assis l'image de vous s'était évanouie, il n'y avait plus que l'herbe verte jonchée de ces brindilles dont raffolent les oiseaux pour bâtir leur nid. Impression très étrange de soulagement et de tristesse mêlés : je vous avais perdu. J'ai eu cette pensée, que je vous avais perdu, que pour vous retrouver vraiment il me faudrait aller plus loin, bien plus loin que je n'étais jamais allée, jusqu'à y laisser la raison. Cela je ne le voulais pas.

Je me suis levée, je suis allée prendre le seau que j'avais oublié le matin sur la margelle du puits, je l'ai porté dans la cuisine.

Je me souviens que, le soir, j'ai vaqué à des tâches ménagères, et cela plus vivement que je ne le faisais d'habitude. Je me suis mise à nettoyer le fourneau, à laver des assiettes, à épousseter les pots de condiments sur l'étagère. Mes gestes étaient assurés, tranquilles, je n'avais plus peur. Je n'ai plus peur, Edgar, j'ai compris, c'est ainsi, vous êtes à mes côtés, tout près, ou bien même vous êtes en moi, je vous porte.

Parfois, quand je ferme les yeux, si je les ferme fort, derrière mes paupières closes je vous vois. Je vous vois tel que je vous ai vu au pied de l'arbre, très exactement. L'image est nette, précise, et de cette précision comme ce jour-là presque effrayante. Cela peut durer longtemps, alors j'ouvre les paupières. Parfois aussi, c'est une autre image de vous qui me vient, un souvenir je crois, très ancien : vous m'apparaissez dans la chambrette de mes quinze ans, vous y êtes penché sur la feuille, vous dessinez. Ces images, je ne sais ni les chasser ni les retenir.

Et puis, Edgard Degas, bien sûr aussi il y a les nuits, dans mon sommeil parfois il y a des rêves où vous apparaissez. Mais c'est plus normal en dormant n'est-ce pas, ce ne sont pas des hallucinations, c'est permis en quelque sorte, ça ne met pas en doute ma santé mentale. Une nuit, il y en a eu un qui m'a surprise : vous étiez là, vous vous teniez de dos devant une fenêtre. Soudain vous vous êtes retourné et, autre corps autre visage, ce n'était plus vous mais Cicely Hamilton. Au réveil, mon cœur battait fort, je tremblais, j'ai ri pourtant comme d'une jolie plaisanterie. Parfois ainsi un ami qu'on n'attendait pas frappe au carreau de la fenêtre.

Vous ne me quittez pas.

Ce dessin que vous m'aviez laissé, puis ce tableau que j'ai découvert au musée, j'y pense sans cesse. Les deux, l'un et l'autre, ils questionnent et se répondent. Ils me suivent, m'accompagnent et c'est encore vous. Edgar Degas, que disiez-vous là ?

Absence du baron, oui, réelle ou souhaitée, mais alors, et ceci apparaît soudain dans son importance : le baron « supprimé », restait votre tante. L'éclat avec lequel vous l'avez peinte dit toute l'admiration que vous aviez pour elle, dit même que vous aviez plus que cela pour elle : un amour secret. J'y vois l'amour secret bien sûr, parce qu'en écho de la toile peinte, dans ma vie, il y eut tout au long l'amour que j'ai pour vous. Secret. Je l'ai caché à ceux qui m'entouraient et ils s'étonnaient parfois de ma façon d'être. Vous m'accompagniez dans mes journées, parfois vous me bousculiez, j'étais souvent étrange, me disait-on, fantasque ou au contraire éteinte et comme absente. Personne ne savait que c'est de vous que me venait cette étrangeté.

Mon amour pour vous était à la fois un secret, un joyau et une frayeur, la frayeur qu'il fût découvert. De cet amour je suis coupable. Envers mon mari, ma fille. Et peut-être irai-je en enfer, Edgar, à cause de vous.

Mais voici qu'à penser à ce portrait de votre tante, à me le remémorer, soudain je le vois, précis, clair, magnifié peut-être. Je le vois et de nouveau un sentiment de jalousie me traverse. Différent de celui que je ressentais lorsque vous parliez d'elle. Vous êtes mort, Edgar, je ne peux plus être jalouse de cet amour-là que vous lui portiez, la chair est morte, la vôtre pourrit en terre et la mienne s'est endormie. Non, maintenant ce que j'envie en elle est tout autre : un caractère. À travers son apparence je vois la force, une dignité dans le malheur, une extrême assurance qu'aucun regard ne peut altérer. Et j'en tremble. Elle est lumineuse. Ce portrait dit l'admiration du peintre, mais aussi sans doute la prééminence de cette femme au sein de la famille, et même peut-être partout ailleurs où elle se présentait. Comparée à elle je me sens petite, tout ignorante comme je l'étais à mes quinze ans, et me voici de nouveau devant vous, petite et sotte. Ainsi voyez, aux questions soulevées par votre dessin, je ne sais pas répondre.

Je m'en tiens alors à ce que je sais : ce dessin, c'est à moi que vous l'avez donné, même si je l'ai perdu il m'appartient. Des questions, un mystère, c'est là votre cadeau, cher Edgar, trop cher Edgar, ce que vous aviez tu à tous, par ce dessin vous me le confiiez : j'étais dépositaire. À moi de chercher, de comprendre. Et peut-être suis-je condamnée à porter sans fin ce qui reste sans réponse.

Dépositaire, oui, quelle importance soudain vous m'accordiez ! Une disparition, un mystère, ce n'est pas rien. Cependant, au-delà des suppositions, des conjectures, des hypothèses, j'y vois, je voudrais y voir oh combien, autre chose aussi, cela qui peut-être me tient plus à cœur, et ce serait très doux : y voir de l'estime pour la jeune danseuse si brièvement aimée, tout le contraire de ce qui m'avait peinée jadis, y voir l'infirmation de votre dédain, la confiance du peintre pour le petit rat, ce dessin comme un gage et qui serait presque déjà un peu d'amour. Alors vous ne seriez plus celui qui part sans hésitation ni honte, l'homme distingué, froid, dédaigneux, pris dans le formalisme mondain des peintres de son temps, et ce cadeau, avec bonheur je le prendrais.

Enfin, si un jour quelqu'un, quelqu'un qui vous aurait connu, à qui peut-être vous auriez parlé de moi, car il arrive n'est-ce pas qu'on évoque même des relations insignifiantes, si quelqu'un se souvient de la petite danseuse, alors, qu'il entende en écho l'histoire de votre tableau et la mienne, et qu'ainsi j'existe.

## Remerciements :

M'ont été précieux :

Degas, *Lettres*, Grasset, Les cahiers rouges.

François Fosca, *Degas, étude biographique et critique*, Skira.

Camille Laurens, *La Petite Danseuse de quatorze ans*, Stock.

Paul Valéry, *Degas Danse Dessin*, Gallimard.

Merci également à mes amis Jean-Philippe Postel et Marie Sizun qui m'ont encouragée.

## DU MÊME AUTEUR

*Jardin d'été*, roman, Arléa, 2019
*Comme une ombre portée*, roman, Arléa, 2020

COMPOSITION ET MISE EN PAGES
NORD COMPO À VILLENEUVE-D'ASCQ

CET OUVRAGE A ÉTÉ ACHEVÉ D'IMPRIMER
SUR ROTO-PAGE
PAR L'IMPRIMERIE FLOCH À MAYENNE
EN FÉVRIER 2025

N° d'impression : 106394
Dépôt légal : mars 2025
*Imprimé en France*